LOCUS

LOCUS

LOCUS

LOCUS

catch

catch your eyes ; catch your heart ; catch your mind……

catch 176
坐火車的抹香鯨

作　　者｜王彥鎧
繪　　者｜NOBU
美術設計｜NOBU
責任編輯｜湯皓全
校　　對｜呂佳眞
法律顧問｜全理法律事務所董安丹律師
出 版 者｜大塊文化出版股份有限公司
地　　址｜台北市105南京東路四段25號11樓
網　　址｜www.locuspublishing.com
讀者服務專線｜0800-006689
TEL｜（02）87123898　　FAX｜（02）87123897
郵撥帳號｜18955675 戶名｜大塊文化出版股份有限公司
版權所有 翻印必究
總 經 銷｜大和書報圖書股份有限公司
地　　址｜新北市新莊區五工五路二號
TEL｜（02）89902588　　FAX｜（02）22901658

初版一刷｜2011年2月
初版二刷｜2013年3月
ISBN｜978-986-213-220-3
定　　價｜新台幣300元
Printed in Taiwan

坐火車的抹香鯨

Contents

說時光的少年們

正如你所看到的，《坐火車的抹香鯨》就是這麼一種長相：短短的段落文字，散播在白色的紙頁裡，比較寬的字間和行間，讓字的行伍感突出了起來，於是你讀，便得一字一字地悠閒地讀；讀完了，回頭再望兩眼，剛讀過的地方也許還留著些餘味。三、五個page後，插圖頁來了，簡潔地塊狀的圖形（如果有人，往往身軀大而頭顱小，「姿勢」因而比「面容」更說明著這人的思想──如果有的話），抽象又詩意，哦，也許我們該多留意這些圖像的底層，是某些朦朧、難以描摹、紋理曖昧的色彩，有點像是音樂中所謂的「音色」的那種東西。

不論是作者還是我們讀者，都在時光中活過生命，這生命的體察，是由時間流逝中的一樁樁事件、際遇、episode，依照它們的序列組合而來（一個接一個，因而「上一個」便因「下一個」而有了意義），這組序列安置在記憶中，大部分時間裡它們溫暖又詳實，使我們有足夠理由相信：我是「這樣」的一個人！我們因有這般傳記式的過去，因此必得走向某個特定方向的未來…。

寫文字的阿鎧與畫插圖的NOBU，在《坐火車的抹香鯨》這本書裡，紀錄著與台灣十數個大城小鄉的遭逢往事，原本平凡無奇、熟習不察的空間與事件體驗，因著時光的遙距而陌生化起來，透過這努力，你開始瞪大眼睛凝視那未曾細究的事物，繼而進入事物背後萬般紛雜的身世，哦哦──在此言說者與讀者的自身敘事便和其他人聯繫了起來。

羨慕那尾抹香鯨，能搖搖晃晃地，搭著下一班火車從蘇澳到苗栗。

詹偉雄

謝謝劉鴻徵、謝謝李麗玲。謝謝7-ELEVEN、謝謝行遍天下。謝謝NOBU、謝謝葉坤樹。謝謝「我是大衛廣告」，還有奧美。最後謝謝一起曾為7-ELEVEN推廣旅遊計畫的伙伴們、劉繼武、李景宏、劉秋芳、鍾伸、趙梅君、劉之琪。你們是開啟我書寫這本書的貴人們。

僅將此書獻給我的兩位偶像，塔克與哈露。

阿鎧

這本書
從台灣躲到上海都躲不掉，
所以……感謝窮追不捨的阿鎧。

Nobu

彰化，能玩的不多，但好吃的，挺多。正
宗的小吃，不只肉圓，還有爌肉飯與素麵
攤，彰化人做得最正宗。這本書我寫彰化
最多，純粹是私人情感上占去太多篇幅。

「中興」新村

眷村，我印象中的紅磚矮牆，勝過文學書寫的竹籬笆。
眷村，是衝突多的地方，我媽告誡過我，沒事別往那裡跑。那裡，壞小孩多。

眷村，很多都長在山裡，不叫光復村，就叫光華里，要不更積極的，叫中興村。
我一個小學同學，叫毛中興，那名字讓當年的外省老師們點名時很芒刺在背，
可能這名字太過衝突，他三天兩頭跑訓導處，專欺負戴眼鏡的小孩。他在村裡
也是衝突的，介壽村的老兵們聽到「毛中興」三個字也很有意見。

毛中興長大後改了名，從此大順，做了大廚，他在員林的紅面薑母鴨店，米酒
下得特重，店頭也是三天兩頭有人幹酒架。薑加酒的那股衝勁兒，讓老同學記
憶全回來了。毛仔，這回換唱勸世調，叫人學會做人處世的道理。

他住的介壽村外移到幾近空城，有一年他北上，我帶他尋訪青田街，看老房舍
為老樹請命留根，毛仔只是嘆，覺得台北人佔盡便宜，他想起介壽村也該抗爭
點什麼？向掏盡的時光請命什麼？

這幾年紅面鴨讓毛仔有了「中興」的本錢，他拿了一些錢把八卦山的介壽村做些補妝。毛仔覺得，眷村應該有觀光價值，九二一後他去了一趟南投，回來後三句話不離「社區總體營造」，那夢想的雛形，就是「光復家園」，回到它原來的樣子而已。說起青田街，毛仔不屑，認為那是「台獨」最貼切的具體說明，一個已見不著記憶的東西，早獨立於另一種生命的開始。

「開放觀光的眷村」，那是個什麼樣美好的景象呢？是該中興的，壞痞子，加油吧！

要是阿桃
未出嫁

我喜歡台式餛飩，不喜歡溫州大餛飩，你越不喜歡的東西，卻都是市場的主流。

其實餛飩的台式說法叫「扁食」，我老家彰化，方圓百公尺內就有兩三攤好吃的扁食湯，來頭最大的叫阿財麵。怪的是麵攤老闆不叫阿財，叫阿桃，阿桃是苦命阿財的孝順女。

台北人賣餛飩麵，但阿桃不興這個。我們說麵攤是有文化的，你頂著啥樣的模樣，煮出來的麵就該是啥樣的模樣，阿桃堅持，她的麵是屬「切仔麵掛的」，麵身要先煮過，絕不可以用油麵，必須是能煮出羹水的大麵羹，撈起點油，緊接著用大竹筷抖動以免麵身黏成團，大風扇吹個五分乾，客人點麵，手掌大小捏一把，過滾水切個七八下，麵起身碗缽要敲出夠清脆的聲響，一氣呵成的節奏，讓客人停看聽，光這功夫就是一種享受。這文化裡頭還有規矩，麵是麵，湯是湯，這樣混著吃，阿桃不會煮。我們彰化人也不喜歡這樣胡來。吃乾麵配碗湯，這是天經地義的事。兩個碗放桌上，至少不窮吃，老一輩人的習慣。

阿桃的切仔麵攤前沒有火紅的燈籠，因為彰化人的麵攤不打燈，但總得有個招

牌，於是阿桃用壓克力板，粗俗的毛筆字寫著斗大的三個字「阿桃麵」，掛在車路口，讓一些慕名來的，好歹有個名字記。從此「切仔麵」有了「阿桃麵」這個副品牌。

阿桃跟著麵攤過了大半青春，快四十歲時嫁了，攤子讓對街賣冰的頂了去。阿桃到了華山後另起爐灶，不久得了癌症死了。頭幾年賣冰的還循著阿桃老路，老實賣麵，後來為了擴大市場，也賣起滷肉飯與鵝肉擔，當然台北人愛吃的餛飩麵也跑出來了，緊接著價格開始胡來，這都是阿桃死後的事。賣冰的當時在車路口的薏仁冰，是有口碑的，接手阿桃的攤子後就不做了。可賣冰，終究是賣冰的，熱食的東西到他們手上，沒兩三年熱氣全沒了，冷冰冰的，不只是麵湯的火候，連店裡的熱絡也全不見了。文化傳到他們手上，最後僅剩一個販攤，攤上的文化沒了，傳承沒了，這樣的麵攤現在是處處是，卻是處處不是。

讓人嚐了不禁感嘆，「唉~要是阿桃未出嫁……」

一百塊，
一個都不能少

彰化市，中正路與永安街的交叉口，當地人管這兒叫車路口。哪個十字路口，不是車路口？能喊出名的，可不是每條街每條路。

幾攤小吃，把路口擺闊了名。這兒，攤就是攤，沒招沒牌，不若陳陵路那些有名小吃，貓鼠麵或阿章肉圓。麵線羹叫車路口，肉粽、擔仔麵、鵝肉擔統統都叫車路口。還好是一攤一味，生意不起衝突，也就和平相處。

幾經道路拓寬，騎樓租賃問題，幾個小攤，輪著大風吹，早些時日，經常可見商家夥計捧著肉粽穿越馬路，來到麵線羹店；要不就是鵝肉老闆，端著美味下水來到肉粽攤上。饕客來到車路口，少有專情一味的，懂門道的，管這吃法叫「一個都不能少」，不算包山包海，也是小滿漢了。

二〇〇六年十月，肉粽老闆慶祝四十五週年，一張紅紙，樸拙毛筆字寫著買六送一，買十送二的活動。四十五年就算不是大事業，也是一番成就和半個人生在裡頭。而今總算打拼有成，車路口所有攤位都有了自己店面，齊聚西口連成一線，可喜的是，新一代接手後的營業時間有增無減，即便農曆新年，依舊照常營業。

信不信？一百塊，一個都不能少？一個車路口人在此跟你打包票。

秋蟹肥了

以前，很久以前。入秋後的蟹肥是一種打獵季節。河溪裡還見得到魚蝦的那年代，秋天釣蟹，是當時最美好的活動。

釣竿上打著腥臭的魚腸，每隔十公尺放根釣竿，當時我無法理解螃蟹可以像魚那樣輕鬆上鉤，妙的是，半小時後收竿的成績真是驚人，一支竿子就有一整串的螃蟹。當時只管豐收，沒人理會生態，因此大小通吃。我住彰化，去哪裡釣蟹我早忘了，我跟叔叔探了當年的情報，得知是往草屯的山裡溪水釣蟹。那種毛蟹長得很像大閘蟹。螯上滿滿一堆毛，看了就噁心，我們帶著大水桶往山裡去，經常一個下午，就能有滿滿的豐收。我生長在大家族，我們老家有一口大灶。那口灶在我記憶裡象徵著某種四季分明的美味佳餚。春節是蒸年糕、夏日端午的肉粽、冬至的湯圓，以及入秋後每天都在煮螃蟹。左鄰右舍們知道秋天吃蟹是王家的分享習俗，在四合院尚存的那年代裡，你可能無法想像，中秋賞月不是烤肉，而是毛蟹大餐。

實在是毛蟹多到吃不完，小孩子們當時最興的遊樂之一，居然是遛蟹。我們將繩子綁在毛蟹身上，像在遛狗一樣橫行在大街小巷。農家的娛樂即使是三十年前的都市人也不會懂得的。對我們來說，秋天的豐收，不只是美食，還有自得其樂的滿足。

下車
找杯水

這個地方沒什麼可看。

沒有觀光景點、沒有飯店、沒有好吃的小吃攤，就連7-ELEVEN都少得可憐。但這裡有一棵大樹，難得幾部觀光巴士開進來，就一定會到田頭村的「大樹公」參拜一下。這棵號稱全台灣最大的榕樹，樹齡據說超過一百年，遠遠地像座地標，鎮著整座鄉，好大好綠，這裡是彰化的竹塘鄉，一個幾乎只有綠色的地方。

鄉人很驕傲，如此一棵大樹公，也許是祂的庇蔭，竹塘鄉到處翠綠一片，我對這個鄉鎮的印象就是綠，一塊田，十塊田，這邊一畝，那邊一片，好似竹塘人的地毯，綿延到天際線，綠到讓人忘記現在是炎熱的夏天。

幾處看板掛著三好米的字眼，一問才知，竹塘是三好米的故鄉，引濁水溪灌溉出的米，長出的米粒一點也不濁。據說竹塘原是一片水澤，能變成今日良田，靠的

是竹塘人先天血液裡流有「神農氏」的基因。老阿伯告訴我，老天給了良地，加上天然的濁水溪灌溉，自然而然，栽下的種子都能乖乖地長大。不說你不信，不止稻米，芭樂、葡萄、西瓜、鳳梨也是產地一絕；更令人難以置信的是，連本該長在高海拔的梨子與高麗菜，竹塘人也是耕得一點都不含糊。我總覺得，正因人煙稀少，沒有觀光的垃圾，寧靜的小鎮，才得以孕育出最甘甜的果實。

當心靜下來，我發現用「神仙的住所」來形容此刻我腳下的竹塘再好不過。我怎會不知道彰化有這樣一個地方呢？而這一切的相遇只因我想下車找杯水，卻在大樹公下要來一杯昔日放在大馬路上「村人的奉茶水」，那已是遙遠年代的台灣印記，而今我卻在竹塘鄉找回了溫馨。

人說水是故鄉甜，我是彰化人，從沒到過竹塘的彰化人。

消失的
地平線

彰鹿路，彰化往鹿港的路，兩旁都是木麻黃，三十年前，這條路上風沙多，整片防風林筆直地隱沒地平線。黃昏時太陽下山，火紅的一顆球消失在兩排木麻黃的交界點上，那是七〇年代，台西線上，少男少女約會看夕陽的好地方。

彰鹿路上有個小鎮，名叫崎溝子。還是木麻黃參天的年代，崎溝子站，隱在一棵樹下，樹下長年綁著一頭牛，村人就認老黃牛下車。

下了車走兩步路，就是崎溝子大戶人家鄭家村。鄭家是做米粉的，說來你不信，新竹有名有號的米粉有一半全產自這兒，祖傳三代現在掌舵的叫鄭興，百公斤的大胖子，到他手，鄭家米粉生意更旺了。以前，三十年前，崎溝子站鄭家曬米粉的景象實在令人懷念。老一輩的人思念那種經日曬後，吃起來心頭就是覺得QQ的道地手工曝曬的老味道。有一年，彰化辦區運，彰鹿路上的木麻黃從此走入絕響，沒了防風林，曬米粉的景象也跟著步入了歷史。

但是鄭家的米粉卻沒因此折損，幾經改良口感反而更勝以往，商家訂單接

到手軟。後來鄭家連包裝都自習承接，信用、口碑越做越旺，只缺沒自己的品牌。崎溝子的人都說，鄭家的鄭興，是崎溝子人的驕傲，是米粉界的郭台銘。

彰鹿路從一線拓展到四線，那顆消失在地平線上的火紅太陽也跟著不見了，鄉鎮要進步，很多過往的美好事物都得犧牲。海風依舊，只是林木已朽。

時光已忘

Old is new，這是故宮博物院給自己下的一個廣告詞。那時我想到了所有台灣的古蹟，甚至是世界上的很多古蹟，都給了我這樣的感覺。當然我的感覺是錯誤的，不是這句話真正想傳達的精神。而是古蹟在傳播的造化下，已失去「該古」的味道，那種新，新到一成不變，新到隨時可見，永保如新。

比如說安平古堡，比如說台北的南門城。或者我經常要帶朋友去參觀的龍山寺以及故宮博物院。二三十年來，它們的影像在我們的記憶裡，是沒有暈黃色光的、沒有灰塵、沒有緬懷、沒有遺憾，以及，遺忘。

如果你記得彰化八卦山的大佛、就會記得基隆的觀音神像、就會記得新竹的關公、台中的彌勒佛。小時候我們都吵著爸媽帶我們去看，如果你記得這些，那麼更遙遠的，遠在苗栗通霄的秋茂園，你頓時會記得我們都曾攀爬在那些巨大的雕像上，留下「ya!」的記憶。我們有多久沒回去過這些地方。你絕對可以細數，如此這般，關於石門水庫、小人國、亞洲樂園就會 —— 從你的舊相簿裡傾倒出來了。我問老一

輩的人，最浪漫而今早已遺忘的，絕對是台中公園那兩座飄在池上的五角涼亭，二三年級的阿公阿媽們都說，那時候的自由戀愛，最古典的浪漫就是划一艘船到池中心，留下一張照片。就算沒去過台中公園的戀人，至少至少也要在結婚照上證明一次，因為很多相館都有這背景，讓戀人留下倩影。

這才是我心想的古蹟，它們在當時是那般被俗麗地打造，巨大並且堅固。人們不再去這些地方了，我們每再拜訪一次，它在我們心中折舊的速度也就更快。我僅只能找到唯一的熟悉感情，是圈綁在這些景點旁的那一鍋鍋的茶葉蛋。它們被滷得很深很透，因為觀光客的驟減、因為跟不上時代，半破碎的蛋殼把紋印烙在每一顆蛋白上，只有那味道依然美好。

我的老家後窗望出去，可以眺望到八卦山大佛佛頭，每每這樣遙望它，很多遠去的點滴都會湧上心頭，但我確定賣茶葉蛋與燒酒螺的小販還在，只有他們沒有離開。

我有一群古蹟朋友，不是說他們很老，而是他們很多是鹿港人。我的中學生涯，念了一個可以聚集彰化各鄉鎮來的中學，因此有了一群家住三等古蹟、甚至是一等古蹟的朋友。

我以前不懂，以為九曲巷就是鹿港小朋友的遊樂園，甚至以為，我的同學們未免也住得太近些，家落居在九曲巷裡，方圓幾百公尺就是人家的古蹟，在在顯得鹿港的古蹟真的一點都不稀奇，對於喜歡看文化的人來說，那充其量不過是我跟同學打棒球的地方。

很多到鹿港的朋友一定指名去的摸乳巷，我們摸透摸乳巷不是因為當導遊關係，而是那巷弄裡彎彎曲曲的紅磚道，矮木門房裡的天井弄堂，都是我們小時候玩捉迷藏最好的藏身之地。你真要看鹿港，就得進到人家裡去，多處人家都還保有甕牆、水泥花窗，以及石磨，那些被保存完好的生活古蹟，想一探究竟，最好就是交個古蹟朋友。

有名的玉珍齋的三公子還是我同班同學呢，他是他們家裡唯一會念書的，不僅

當班長，學校有活動，經常還會拿家裡的甜點來義賣。我們去他家裡也是有吃不完的點心，這人生裡最寶貴的經驗，就是你可以直闖百年老店的糕餅廚房，直接從烤爐上拿熱騰騰的餅乾吃，這一切的貴賓禮遇，只因你有個古蹟朋友。

鹿港還有一項名產叫「蝦猴」，那是一種鹹得要死，長得像是異形與蝦子交配後的物種，這種生長在潮間帶的美食，是我另一個同學的阿公專有的捕捉絕活，二十幾年前沒人要吃的東西，現在價格水漲船高，還有供不應求的時候，但我不怕吃不到，因為誰叫達人是我好友的阿公。還有國寶級的一代匠師燈籠爺爺吳敦厚先生，他可就真是老古董囉。在我們還是小孩時，快接近元宵節的那些日子裡，他都會放下手邊工作教我們做燈籠，偶爾還會幫小朋友們在燈籠上畫畫。

家住鹿港小鎮，這樣的事這樣的人，數不盡也道不完。人事依舊在，朱顏猶未改。我們是這樣深入古蹟裡，融在那樣的歲月中，夜以繼日，閱讀鹿港。

我媽很幸福，卻不愛享福。少有農村女子，像她這樣走遍世界各地，卻始終記不起自己到過哪裡。三十幾年來，老爸帶全家旅遊，老媽唯一熱衷的，就是上車削水果，下車幫我們找廁所。臨睡前，自己還躲在飯店浴缸裡，幫大家洗內衣褲。

老媽是一輩子繞著家人旅行的人。

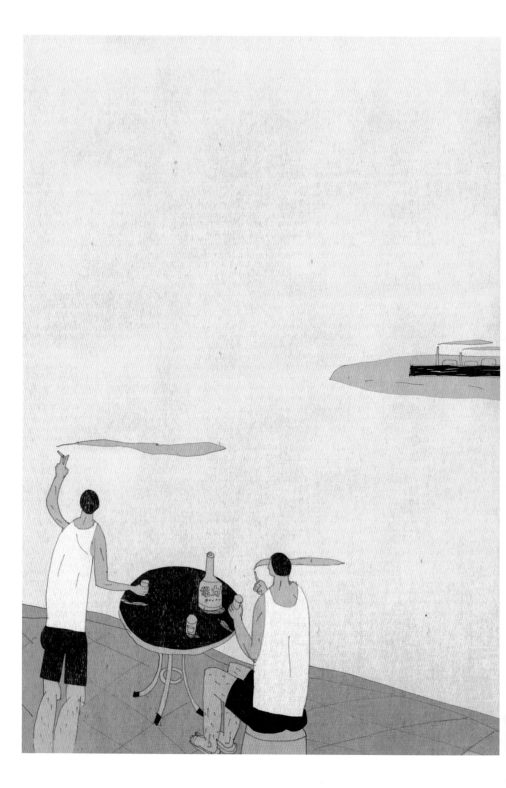

沙丘城堡

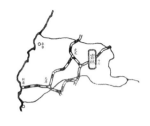

雲林最西最北的那塊地，民國八十二年以前，每天就只是孤孤單單地吹著沙，沙粒打在人臉上，像被煎魚的油濺到一樣，不只痛，還會留下紅紅的沙點疤。

這裡是麥寮，六輕沒來之前，人們生活的苦惱就只有風吹沙，每天早晚掃掃沙、撢撢灰塵，一天也就過去了。沙洲地被三面水環抱著，鄉民生活在這裡，無爭也無求，不知外面花花世界，世界也不理會麥寮，各過各的日子，相安無事一甲子。六輕來了後，鄉民學會抗爭，幾十年下來，吵吵鬧鬧。六輕填海造陸的舉世工程，老一輩的人說那真是世界奇觀。一整排的風力車，一支支冒著煙朵的煙囪，讓麥寮有了新地標。傍晚時分，占地二千多公頃的六輕廠，燈火全開，寶藍色的天空遠遠望去，景色還真是漂亮壯觀。濁水溪帶沙來，沙子再引六輕來，因著六輕廠的建立，二萬多名外勞們讓麥寮成了東南亞的移民村。而原本落在沙洲上的鄉鎮，也開始移動，一直遠去一直遠去。阿尾嬤憶當年，說起風沙滿天的濁水溪口，那個恍惚可見的沙漠城堡，她說那是一種徵兆，五十年後，那座移動城堡真的出現在麥寮了。

阿尾嬤不知，可能也不信，當年她望見的那座海市蜃樓，而今還在移動並且悄悄地擴大中。

貧窮裡
的極度奢華

清晨五點，母親把我從睡夢中搖醒。她說要下車了，等會兒舅公會來接我們。
我手裡抱著剛剛在火車上買的太陽餅，要送給舅媽的禮物。這是一段發生在民國
六十八年，一個遙遠的清晨故事。

平快火車有一種味道，尿騷味混著洗潔劑，混著鐵軌下的紅石頭，再混著綠色龜
裂的汗臭沙發椅，經年累月一起發酵氧化後，成了一種貧窮的味道。頓時你記憶
裡的所有回憶也是一種貧窮。這貧窮有窮的美好，存在於過去六七○年代的，現
在依然聞得見。

我貧窮裡的極度奢華，一是太陽餅，二是杏仁茶。我所謂的奢華並非父母買不起，
而是我得付出極高代價的吵鬧籌碼，才能換得一頓美味。舊時代的美好清晨，總

發生在旅行前的火車站前的那豆漿小棧，矮矮的竹藤椅凳，圍成一個小圈圈，老闆娘都是胖胖的，跟裝在大肚壺裡的杏仁茶成了美好對比。客人拉著一把油條，配碗杏仁茶混米漿，勞役的男人衣冠破楚、旅客們則衣冠楚楚，又是一番對比極佳的畫面。當年的斗六火車站，騎樓下的矮藤椅，堆滿高的油條，閉起眼睛，都能隱約感受，那微微燙的油條香。而今已沒有人再有這般陳設，蹲倚在火車站騎樓下賣杏仁茶了，那股杏仁味的早晨，反成了三十幾年後，我記憶裡的極度奢華。

至於平快火車裡的貧窮味覺，至今依然不散。我們總會在久久一次的貧窮之旅，再次感受那舊時代的美好，我曾遇見一批日本人因著侯孝賢的電影，追逐平快火車來台。奇妙的是，從平快火車看出的風景，竟有幾分六〇年代的感覺。這感覺灰灰的，我吃著太陽餅，覺得好吃的太陽餅，也只有在貧窮之旅了。

嬌嬌檳榔花

說起中埔，她對很多人來說是陌生的，你甚至不知道她位在哪個縣市，是個靠啥為生的鄉鎮。就是因為不懂得招搖「恬恬呷三碗公飯」的個性，中埔的農會組織，居然一度成為全國最有錢的一支。不賣關子了，成就中埔富足的便是檳榔樹。

嘉義的水上鄉再過去一點就是中埔，那麼中埔再過去一點點，便是「吳鳳廟」。在此先不說吳鳳廟，我們來說說檳榔。說起這事，還真是一件誤打誤撞的買賣。很久很久以前，鄉民耕作田地，田埂上種一排檳榔樹，為的是防風，有的是充當籬笆，季節性的收成只當是外快，隨便賣賣就算了，更多的時候是被當作「半天筍」採收入了菜餚裡。哪知有一年全省氣候災變，起了大霜，全省檳榔驟減，好死不死中埔的檳榔花卻是大開，陰錯陽差在市場冒出頭來，鄉民賺了大把銀子，檳榔樹一根根從原本的山坡地走向平原。山裡的人家，幾乎每戶都有一座山坡，姓王的就叫「菁仔王」，姓陳的就叫「菁仔陳」，偶有叫「包葉仔吳」的，但畢竟不多，菁仔就是中埔，中埔就是菁仔。

這些菁仔們也純樸，賺來的錢當然存在農會裡，越存越多，有了錢再栽種。一直種到生態保護主義的聲浪來襲了，中埔人才放慢種植的腳步。老一輩的菁仔們個個都是唇紅齒紅，我總覺得活像沾滿一口鹹鴨蛋的紅泥土，人們不僅滿口檳榔，

開口閉口說的也都是檳榔的故事。

這裡再往山裡去就是阿里山，我印象中的阿里山也是長滿檳榔樹的。檳榔花開的季節，清晨五點起來散步，是人生的一大享受。滿山滿城滿鼻子、連凝結在葉上的露水，都嗅得到淡淡的檳榔花甜。我突然想起《香水》裡的「葛努乙」，他可聞過滿山的檳榔花、可知這世間還有他不知道的香華。

太陽的味道

說起關廟，想起鳳梨，還有一團團曬得像豆籤的關廟麵。這是一個靠太陽討生活的鄉鎮。

鄉裡的男人少有戴眼鏡的，一雙眼睛可以辨認陽光的溫度，經常是抬頭往天一看，由東向西瞄個一眼，就知今天能幹多少活。好似幹粗活的人眼力特好，我總以為是戴著眼鏡礙事，做不好事情。他們說，不是，應是少年不喜讀書，眼力沒給書本吞了去的關係。關廟的男人，還有一個特徵，喜歡打赤膊做事。他們的皮膚黑亮得已經不會再脫皮了，長年飽受日曬的結果，皮膚光滑細緻，一口白齒，也多半都被檳榔給染紅了。

至於關廟的女人，躲太陽躲得跟什麼，全身包得密不透風，只露出兩個眼睛，跟茶園裡的採茶女很像。我看不見她們的膚色是黑是白，但她們的先生說，畢竟是女人家，就算幹粗活也得顧著日後的面子。哪個農家婦女能三兩下白回來？能避多少就避多少。

關廟鳳梨，不抹鹽就已甜滋滋，更別說會咬人嘴唇，是我最喜歡的品種。盛產期間，省道上經常可見載滿鳳梨的發財車，沿路擺攤現削現賣。至於關廟麵，據說有一種別處吃不到的太陽味道，是關廟人的獨家祕方。我不是專家，但我深信，

就像頂級的法國紅酒，陽光應該也有發酵的過程，讓食物有了不同的風貌。

關廟提煉的陽光是怎樣的美好呢？當晚我在關廟人家的眠床裡，難得在冬夜，
聞到滿室太陽的被窩味。

十二婆祖

台灣有些寶，政客們沒時間管的，一天一天任時間掏。那塊寶，再不傳承就真要失傳了。

説起麻豆，想起白柚。很少人知道麻豆還有一項國寶，十二婆祖。一個法國朋友，因著網站上的一張圖片，來到台灣，為的就是找十二婆祖，幾乎絕跡的一項民間藝術。我受友人之託，做文化導遊，諷刺的是我真不知哪個時節廟會可以看到這項民間技藝。

麻豆的十二婆祖陣，是由一群老公公裝扮而成的廟會藝陣。他們是民間護嬰的鄉土神祇，廣受婦女們的愛戴與景仰。老藝術的典故是，從前的貧窮生活，養孩

子是一項艱難任務，一個生病就可能讓小孩夭折。於是民間相傳神話，十二婆祖就是嬰兒的天上褓母，每當他們出巡，媽媽們都把小孩帶出來，讓婆祖摸摸頭，保平安、快長大。

我帶著朋友走訪麻豆保安宮，以及新港國小，由於時節不對只能見到廟會照片，以及陣仗所需的衣飾面具。法國友人一時興起說起亞維農藝術節，應該請十二婆祖代表台灣。你明知那是多大的驕傲，卻使不上勁幫任何一點忙。

之後我們還參觀宋江陣行頭，刀光劍影的藝術，而我卻突然想為台灣祈福，叫所有藍綠政客們全部放下屠刀。十二婆祖啊，多保佑保佑我們的政客也快快長大吧。

旅遊的大部分時間，我都在開車，然後下車吃飯。很多故事都是在飯攤上或者買水果與頭家聊天聊來的。我不算健談之人，但是南部的鄉親真的太可愛，尤其是那些粗漢，以及歐巴桑。一頓小吃買一個故事，那是典型南部人的熱情款待。

田寮
的一天

暖風走進弄堂，酣熱得讓人沉睡。正午不吃飯一覺醒來才下午一點，時間走得慢極了。喝口茶、再去睡，腦門昏昏起床，太陽依舊高照，熱得太過安靜，整個村頭都在睡午覺，遺世獨立的氛圍，讓人以為這是沒人住的地方。

初到田寮，只想快點找棵樹，才四月，這裡已熱得發暈。
早晨還是春天，十點過後就熱到不行。一個阿媽坐在屋簷下，扇一把蒲葵，分我一杯水，卻連水都哈著暖。一到七月，整個村頭更是到處發燙，卻是田寮阿媽家弄堂裡的地上黑磚沁著涼，做田人習慣這樣躺在地上睡午覺。可她說城裡人要躺上半小時，骨頭就染風寒。農家四合院，屋外曬葫瓜，屋裡地上卻涼到可冰西瓜。

下午五點，太陽下山，一個人、兩個人，全醒來了，男人聊天，女人揀菜生火，小孩赤腳到處亂跑。阿媽還是一把蒲葵扇，自言自語著。天空頓時染成一片寶藍色，斗大的星一兩顆，煞是耀眼。阿媽向我喊，少年咧，多穿一件衣，入夜天涼哪！

農閒的日子裡，田寮的一天就這樣過去了。我忽地想起，朋友來信說起他在北非「突尼西亞」的日子……那日子，應該就像這樣子。

天邊的鹹鴨蛋

這一兩年，迷上高雄。

難以道盡是啥樣的情感，對一個長居台北市的「台北台」的我來説，我只能説，「唉，台北，何時會進步？」

機車多又野，雜亂無章地霸占騎樓，入侵馬路，它們像一群海蟑螂四處亂竄，這是我對台北最無奈的地方。台北，實在讓我找不出有哪一塊「視野」是美麗的，勉強選一塊，只有仁愛路上芙蓉大樓前的那塊樟樹林，其他的地方，舉目望去，都是灰色的天空、塵埃，以及拖吊車的鬼影。

高鐵通車後，我莫名地以為，高雄頗有幾分日本的味道，跟友人南下幾次，越有來到外國渡假的感覺。高雄沒有台北的驕氣，有些俗俗的美，但就美在那俗俗的憨樣，理直但不氣壯。不知道高雄正大幅進步的人，有很多是像我這種，十幾二十年去過一次，還停留在那些老舊、市容不整的偏見上的，我謂之「從台北看天下的人」。我總認為，台北是少數幾個「沒有親水性」的城市之一。這樣説來，愛河的整治成功的確是該給他們鼓鼓掌的。

説到親水，我更愛旗津渡輪，黃昏時刻，海風吹來，遠遠的落日，怎麼看都覺得

像是顆鹹鴨蛋。是因高雄，我才有這樣台的情感，說給友人聽，友人迷戀上那味道，跟我專程下高雄，海風這樣吹著，鹹鹹又淡淡，兩人心頭突然浮現出昨晚六和夜市的海產粥，多次以為，豁達的老男人的週末，就該是這樣子，旗津遊海兩三回，心情恰似天邊一朵雲，雲彤似粥，粥裡有我早餐的鹹鴨蛋……。

旗津海產不用說，更裡走有一攤老芋冰，混紅茶，味道也是一絕，只有活過六〇年代的人知道，這樣混攪的滋味道理何在，一口雙滋入喉，百感交集無言以對。輾轉回到六合夜市，只當個俗耐的觀光客，喝一杯苦到不行的青草茶，以表我是真懂得老台灣歲月的。

美麗島站這舊市容，因捷運的改妝而有一番新意，那四隻巨大的三角裝置，初看驚，再看就「俗」。努力的心意到了，仍舊值得鼓勵。在地友人帶我去吃三明治，是我每每到訪的指定曲，滿足之後，還要去吃黃小琥家的豬油乾拌麵。
然後在返回台北前的剩餘時間裡，我只愛坐上公車漫無目的的繞行高雄，像我探訪巴黎紐約一樣，從車窗看一個城市的風景，心嘆著，我誤解高雄也太多年了……

新的舊的、舊的新的，連太陽都專屬高雄樣子的。台北，找不到。

南洲可採蓮

夜半，下雨了，卓仔頭疼了。慣性隨著天候移動的他，趕忙地從被窩裡翻床而下，探望他心愛的黑金剛去。

「做田人，都可以去報氣象。」卓仔這樣怨嘆著，但雨說來就來，有時還真搯不準。我問，又不是採收期，樹上連個黑金剛蓮霧的影子都沒看見，急啥急？他說早上才剛給喝牛奶，雨這一沖刷，營養不就都給沖走了。卓仔的酸奶，等於是給蓮霧吃的麻油雞。他說上星期，剛採收完，總得給它們坐坐月子啊，卓仔說。

斗大的黑棚，罩著蓮霧樹，這不是卓仔的創意，而是前人傳授的祕招。如此，蓮霧以為整日冬眠，見不著陽光，就怕春不來，心一急就只得強逼自己早日開花，於是我們一年四季都有蓮霧吃。南洲一帶，土地鹽分特高，說也奇，這樣死鹹的地長出的蓮霧卻特別的甜。

雪樹銀針見過嗎？卓仔問我呢。我說北海道看過一回，就那麼一回，晶瑩剔透地。他說位處南國的南洲也有，那是蓮霧開花時的景象，數百枝雄蕊圍著一枝

雌蕊，卓仔説「你就給它抖抖抖、抖抖抖」，抖落一地雪花，鋪滿地，那就是寶貝們開始懷孕的時候了。

卓仔的耕作也懂得科技，他的科技是採用「光碟技術」來驅趕鳥群。又是新名詞，我搔搔頭問，何謂光碟技術？原來樹上掛滿廢棄的光碟片，風一動，陽光一照，光碟像鏡子一樣，迅速發出刺眼的光芒，別説鳥，賊也會嚇到呢，又是獨家發明嗎？也不是，卓仔説，種蓮霧的都知道。説著説著，他竟得意地吟起一首他竄改的古詩詞：「南洲可採蓮，蓮霧何甜甜……」

台灣的蓮霧為什麼這麼好吃，我從不懷疑。驅車離開南洲的那路上，我只想著為什麼姓卓的台客，都會被叫成卓仔呢？

大板六
的那一夜

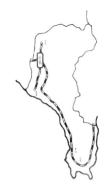

墾丁南灣靠近大板六民宿前有一家7-ELEVEN，它的門前設了幾張木桌椅供遊客野餐，多數人打了一碗泡麵，或者茶葉蛋、鱈魚香絲，這樣吃東西聊天很有小學生遠足的感覺。再往前，馬路的邊邊上就是海坡堤。我發現這個好地方的時機，是在二〇〇五年入秋後的半夜三點半。

我住在大板六，老闆娘説，墾丁的夜生活是在大街上，不在這兒，晚上要是回來晚了，得從後門進來，她把鑰匙交給一個不怎麼追求夜生活的旅客身上。因長途開車的勞累，我倒頭便睡，錯過了墾丁夜晚的喧囂，那恬靜的夜裡，最後我被自己的聲音挖醒，肚子餓的叫聲。

我起身找晚餐，於是一個人走在只有海潮聲的寂靜馬路上，顛著尚未清醒的身軀與海風一起晃蕩。此時我只想吃泡麵，我坐在木椅凳上連啃三碗阿Q桶麵，發現

7-ELEVEN來來去去的夜裡的陌生人，也喜歡吃泡麵，我篤定他們有一半以上是「做愛後身體的饑餓症後群」。我只想獨處，於是⋯⋯

於是我想起啤酒。

我帶著啤酒來到對面的海坡堤上，想起為何我有這段的旅行，海風冷冽，鹹鹹的秋夜裡，當我孤單一人，此刻的所有哀愁竟似我生命裡的一段美好。我想起二〇〇二年紐約上城一處靠海的地方，那個傍晚的落日下，也是海風冷冽的十月秋天，我一樣不知為何一人來到此處，做異鄉裡晃蕩的遊魂。

一個孤寂的年歲，一段毫無意義的旅行，一個紛亂不知所措的心境⋯⋯眼前總會有一幅恬靜淡泊的風景，陪著我。

咖啡
西瓜汁

車子駛進屏東，眼前的視線都低矮起來，沒了高樓，即使是五六樓、一整排的透天厝，在靠近南太平洋的緯度裡，也變得極為渺小。台九公路上左邊是房子，右邊是台灣海峽，我在楓港，以為是楓樹特多，卻是一整排防風林的地方。

防風林下，平均二百公尺，就有一輛行動咖啡車。那裡的海邊腹地極好，不寬不窄，容得下二輛巴士的長度，擺幾張陽傘桌，就是個看海的好地方。楓港是連接南迴公路的主要出入口，去了墾丁想往台東的旅客，多半選擇繞回楓港，從這裡切過中央山脈進台東，除了風景特好，也是因為這條路又快又好走的關係。

南迴公路也是砂石車公路，辛勤的卡車司機們把楓港當成休息站。那些行動咖啡館上，經常可見一兩位還聞得到老江湖味的卡車司機，停下來喝一杯拿鐵咖啡。他們點一杯咖啡配二個大口吃的排骨便當，開著發財車的一家老小，則以

咖啡配萬巒豬腳，外地來的情侶，則是一根優雅的菸，一口咖啡。楓港是個心情的加油站，趕路的人，還有停車暫借問的迷路人，統統聞香下馬，過境不留，看看海、吹吹風，不短不長，剛好是一杯咖啡的時間。

夏季時，從丹路到楓港的路上，還有產季正甜的西瓜，楓港溪上現採現榨的西瓜汁香氣飄滿整條公路，那是夏天最清涼的味道了。我在六月的豔陽天，晚上六點半，太陽才剛下山的楓港海邊，配著二十八度C的海風，大口喝著西瓜汁，覺得眼前的落日無限美好，我是否也該配點咖啡呢？

果菜市場
的鑽石

車上幾個美國客，一個負責翻譯的日本女孩，風塵僕僕趕往屏東，尋找鑽石。

大清早，火車抵達麟洛，荒煙蔓草，一條不算短的月台，誤把檳榔當椰子的老外，高興地又叫又跳，車子來到南台灣的鑽石礦山。做為台鐵屏東線上無人看管的小站，麟洛有些金三角的味道。不趕車，但趕集的人，從四面八方湧來，靜待鑽石開標。還被蒙在鼓裡的美國客，有點丈二金剛，問日本女孩：「警察會不會來？」這是全國蓮霧的交易中心，好吃的黑珍珠，是在這兒搭火車上台北的。頂級的黑鑽石，一斤叫價三四百，來自林邊的蓮霧班長，驕傲地說：「收成好的時候，十箱蓮霧，可換到一顆鑽石」。不管甘蔗還是蓮霧，南台灣鹽分最高的土地，竟創造了甜蜜的奇蹟。

麟洛的黑鑽石蓮霧，以福爾摩沙之名外銷世界，在甘蔗漸漸隱退的同時，儼然已成為台灣進入WTO，一顆耀眼的鑽石。

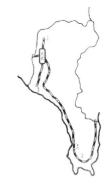

天女散花

財哥，人稱採花賊。一年有七個月，跟著他的一幫東港弟兄，輪班採花。採什麼花？採櫻花。

東港哪有櫻花？財哥說，花，就開在海底，一年四季。說著說著，船隻駛進港，船上果真滿滿櫻花，蝦。全球除了日本，就只剩東港海域盛開櫻花。這兒也行週休二日，大家規定一年只捕七個月，每艘船都有編號，大夥按表出船，碰上產卵季還得強迫休假，捕蝦人也懂得永續經營。

財哥採花，財嫂可沒閒著。早上捕的蝦，下午就得曬。整個東港村，是馬路鮮有不紅的。南部什麼沒有，太陽最多，天然乾燥法，不是隨便交給太陽就算了。曬蝦甩蝦也講功夫的，蝦帶刺，即便戴手套，也會被螫得傷痕纍纍，愛美怕痛的這活兒幹不來。財嫂說著一把抓起刺蝦，向天撒去末尾力道再甩向地，功夫好不好，日曬一下午就能看出端倪，透得晶亮的，日後有名有號，外銷日本身價翻了幾百幾千倍。財嫂絕活，在日本人眼裡，尊以「達人」封號，哪天《叫料理東西軍》給拍了，包你拍案叫絕。

春三月，賞櫻好時節。東港村，滿地落英繽紛，那景色，我謂之天女散花。

熱鐵皮
屋頂上的貓

聽說東港有間海上餐廳。

海上餐廳？這讓我想起食神裡的香港，就不知咱東港的，是否也如香港般的華麗。

於是我走台十七線，到了東隆宮後，問了人，一問五不知，再問閒來無事的老人們，他指指遠方的海，只說進去再進去，於是我繞著一條感覺叫「進去再進去」的路，終於發現一座湖。

這海也似的湖，地理名詞叫潟湖，我懶得考究，只覺得海面風平浪靜，一艘竹筏停泊海邊，問我是否今早來電的長億客人。我說是，船夫便開了船，一個破舊的鐵皮屋餐廳，真的就在海中央。十幾年前，長億海上餐廳是出了名的，贏在噱頭，不是菜色。當年旅行團絡繹不絕，才幾年就挺風光，接連下來，很多人也都把餐廳搬到海上，東港潟湖上，從中午開始就很熱鬧，一直鬧到半夜，黃色的燈籠飄在海上，霓虹似地，紅了幾十年。

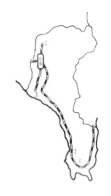

諷刺的是，它的沒落，起因於東港的走紅。觀光局推廣鮪魚季，加上三年一次的王船祭，東港在地方的努力經營下，五六月成了觀光的好去處。阿芳的長億餐廳理應帶來更多人客。可惜的是，反而是加速了那些裝潢漂亮、好吃又便宜的主題餐廳的崛起。這個熱鐵皮屋頂上的熱海風，一夕間孤零起來，陳破地在海上浮浮沉沉。

沒變的是，阿芳的台客作風，以及她一頭梳得老高的劉海。現在知道這地方的，都是過去老朋友喊來的。我坐在偌大的船屋上吃海鮮，吹海風。看船屋上一隻大胖貓，哀哀望著我賞吃魚骨肉。我突然想起一個劇作家寫的一齣戲，就叫《熱鐵皮屋頂上的貓》。灰灰的五月，東港潟湖海天一色，也都是灰灰的，只剩沒落後的海上餐廳老闆娘阿芳臉上的妝，是妖妖朱紅。

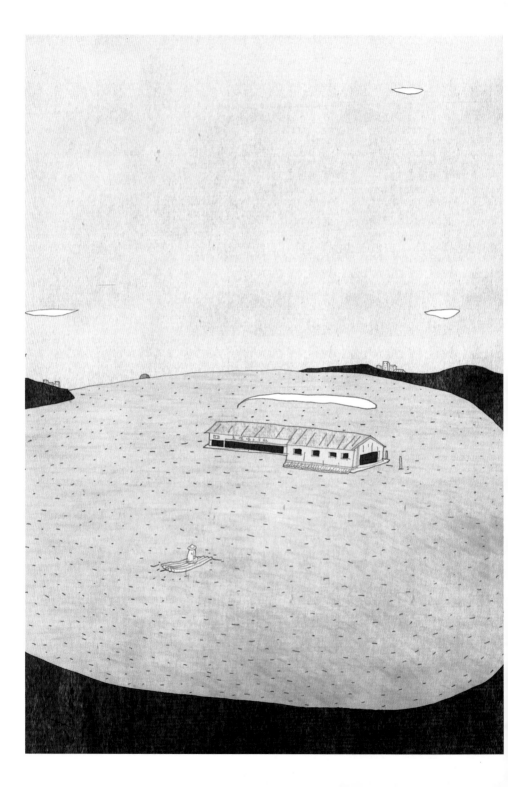

（四）台東、蘭嶼

好像過了三十六歲以後，我就不怎麼做長途飛行了。也是從那個年歲起，我每年必訪台東一次，不坐飛機去，並且能一個人，就盡量一個人。

退休的溫度

很多朋友都說退休後要到東部買一塊地，我對此始終抱持著聽聽就算了的態度。一來，我可能會無聊至死，二來我不想天天吃菜當兔子。可有那麼一回，我卻被驚鴻一瞥的「初來」給打破了這念頭。

二○○七年秋天，我從寶來入山打南橫過，快到出口時，我便想著，南橫最美的路段竟是在東部海岸山脈的出口，豁然開朗、天地交錯的這一小段路。那時滿腦子想著，若我是阿曼或四季旅館的老闆，肯定來此投資。這麼想著時，車子已出了南橫，往南下關山的路口，看見一個村落叫「初來」。她位在半山腰上，上下兩段公路，遠眺山谷，一整片的金黃稻穗，就是關山米了。初來的矮房舍，都有幾分日本老村舍的味道。我看中的是這裡—清晨像黃昏、黃昏似黎明，灰灰藍藍，低矮的雲，一會兒明一會暗，以及風吹葉動的颯颯聲響。不禁心中暗想，這種山雨欲來不來的景象，正是我最鍾愛的退休溫度。

有一說，人最適宜生長在海拔一千八至兩千二的高度，那是終年微寒的天氣，氣爽風和，長年不病。初到初來，我即撞見這樣的體溫。或許是清晨一大早、

或許是秋風剛剛好、也或許是天地因緣聚合之巧。我把車子停下來了，就在關山

大圳的起點上，再往前一步，就是關山鎮了。我迫不及待想來去騎騎腳踏車，

把這一片田地好好地聞一聞。我向友人哼起陶淵明的「採菊東籬下，悠然見南

山」的詩詞，忽地覺得，不該讓阿曼或四季來此投資。

初來，山頂有山，腳下有川，人站中間，仰望俯探，只有一覺，不多不少，
什麼都是剛剛好。

東海岸男子漢

捕魚人有個名字叫「黑面仔」。他打著一張竹筏，馬力不強的馬達，很克難地出海捕魚去。七星潭的人，或者來訪七星潭的閒散遊客，偶有聽過這號人物，他習慣在下午四點鐘，七星潭沙灘外的一處四合院民宅，開市標魚。說標魚是客氣了，「黑面仔」每次捕上岸的魚參差不齊，大魚小魚怪魚、混著八爪的、帶螯的，偶有那麼一兩回捕到旗魚，那可真是發了。

說起捕旗魚一事，村人都說，論「黑面仔」的功力，還是不成。真要拜師學藝，得到台東的成功漁港，那兒有一批「鏢旗魚」的好手。平均年齡近五十的爺字輩師父，個個比「黑面仔」還黑面。一支三公尺長重約七八公斤的魚叉鏢竿，箭般射出，俗稱鏢旗魚特技。這項傳統源自日據時代和歌山日人留下的技術，而今只有成功漁港還見得到。鼎盛時期的成功漁港，茶室酒家一家一家地開，燈紅酒綠夜夜笙歌。跑船的男子，吟唱著美空雲雀的《男子漢》以及《青色山脈》。歌、酒、茶室女子，撫慰了多少他們思鄉的寂寞。

東海岸男子漢，黑黑的臉，風霜的繭，浪急風勁，內斂少語。終日以海為家，卻是日日想家。

一切只當
心情好

春二月。

關山的這個時候，天氣正在轉暖不暖，不知是春天還是冬天的季節，是個很錯亂的時刻。那錯亂是，春草不知長芽、冬梅還含著苞、太陽不知晨起、月光提早上班、老人不知該不該脫去棉衣、婦人不知該不該曬曬棉被……

那既是驟變、也是慢緩，節奏已亂了章法，可能是地處山谷的關係，也極可能只是那麼一兩天，剛剛好的壞天氣而已。拍子是亂了，但亂得極好，分不清早晚的必要關係，忘了吃飯，忘了洗澡，忘了該是起床還是睡覺，一切只當心情好。

人在心情好的時候，時間點上該有的秩序，顯得不那樣緊張了。我在關山的一星期裡，經常想睡才睡，想吃才吃，連偶發性的失眠也不那麼焦慮了。雖然我大部分的時間都在騎腳踏車，或者只是看著關山大圳發呆，身體裡的細胞，行動緩慢得像住進了冰山裡，我的肚子好像光吸空氣就飽了。我慶幸著大家不知來關山玩，又

慶幸著這年剛過的二月天，城市裡的人們是如此積極向上，把關山遺忘。

這個時候來去關山騎腳踏車，整片的秧苗稻田，由淺金黃轉綠鵝黃再轉翠綠玉的顏色，層次每天都在變著，有時風一吹，那骨牌效應帶出的層次更是美不勝收。我可以就這麼騎車到高地，終日看著稻田就心滿意足。看膩了，就再去環山的腳踏車道繞繞，這裡每隔十公尺就可以看見成雙成對的鳳蝶，我猜已不限這時節，而是整年的關山都可能是昆蟲的情人節。如果你珍惜牠們，那麼有可能從天而降的毛毛蟲，也請遊客善待牠們。

我從不在節奏對的時候旅行，所有年曆上的好時節，只會帶來更多的垃圾、噪音與壞心情。此刻的關山也許大雨，但我不需雨傘，不想出門淋雨就在民宿裡躺著休息……等一下就出太陽了，我瞇一下就好。

聽說多良的海很漂亮，於是我就搭火車去多良看海。

這一看，看了八小時，看到太陽淹沒在多良，想起櫻桃小丸子的橘色汽水海。

台東的陽光，一年四季都要人命，紫外線特強，雲靄低，就是不下雨。偶爾有風，帶著鹹鹹的海水味，黏在胳臂上，流了汗，才十分鐘，就結成晶鹽閃閃亮。南迴鐵路的尾巴邊，在村人已大量外移的情況下，多良幾乎已經沒有乘客了。你想買張往多良的車票，站長會用原子筆幫你塗改車票，還會問你，你去那裡做什麼。是啊！去那裡做什麼，你指指手上的相機，站長沒說什麼，只是要你小心。

筆直的車站，一、兩百公尺，前後是隧道，火車從黑洞裡衝出，瞳孔還來不及張大好迎接刺眼的光線，火車就又遁入了山洞裡。多良站，一條長長、長長、長長廢棄的月台，左邊是太平洋，右邊是山崖壁，車速七、八十公里，呼嘯過，那

風，似箭，穿梭時空。總有一、兩次，以為自己穿行在海面，想起神隱少女，乘海上火車，一天才一班的水上船，安安靜靜去旅行，在大家都還在睡覺的白天裡，安安靜靜去旅行……

多數人不知道多良站蓋來做什麼，我也不知道。但是秋天來了就不一樣，多良有多涼，就多涼，雖然太陽依舊大。有一年的秋天，一班平快車載了一個無聊人來多良，他鼓起勇氣下車吹吹風，就這樣，吹了八小時的海風，終於等到下一班的火車來接送。回程的車廂裡只有他一人，天還亮著，只是近黃昏，他心不急不躁，看著太陽下山去，發呆八小時，無所事事的秋天，他還在想著，神隱少女的那班海上列車。

秋天
的面膜

我們，三個人。以為秋天就該吃螃蟹的人，來到台東。

我以為的秋天，本該是中秋過後的，事實是，紫外線很強並且惡毒。秋天在台東是偶一為之的陰雨來時，或者騎車穿過綠蔭大道，還有太陽下山後的晚風徐徐。

我們，三個人。後來發現，食物讓秋天一直存在台東。在城裡你可以睡到自然醒的時間，在這兒要提早三小時。那是清晨五點半的台東市正氣路上，早點大王的劉伯伯，一碗燕麥豆漿，是真有秋天的味道。文化街的羊肉攤，那不是台北人吃羊肉的時間裡，卻是一早就有台東人趕著進補。吃法是奇特的，一碗羊雜湯，任你吃到飽的白米飯。豐盛地把早上的胃填得飽飽的，此時額頭開始出汗，秋風微微，涼清涼清，啊！秋天的感覺……是身上流著一點汗的感覺……

再往下走，卑南鄉美農村的斑鳩冰品，可以吃到秋天採收的釋迦冰淇淋。這次不流汗，產銷班的自製冰品，實在了得，讓人感動落淚。風一樣吹得涼，涼在臉上，啊！這是用秋天做成的面膜。

我們，三個人。當然吃了螃蟹，也在成功漁港買了敲起來鏗鏘響的柴魚、太麻里的金針花，這些都是赫赫有名的秋天，不意外但也不叫人驚奇。那燕麥豆漿就意外嗎？當然也不，重回某種年代的心情眷戀，是我喜歡它的原因。

我們，三個人。覺得秋天應該三個人，一起去吃吃喝喝。

不知
老之將至

這幾年，我不做長途飛行了。不自覺的心態開始老了以後，我越來越喜歡把長假留給台東，排一段非假日的時間，獨自開車到那荒涼的山裡、海岸線上，認真過著一種上了年紀該有的慢活。

我一向討厭陽光，雖說我不是夜行動物，但實在是汗腺不發達，加上我這人容易因濕熱的天氣心煩氣躁，因此季節性的出遊，對我來說很重要。秋冬到台東，涼爽的氣溫，即使豔陽高照，也只能照得我想睡覺。一遇天雨，我也能將眼前的景色，幻想成峇里島。台東鹿谷，尤其是這樣的感覺。那是一個你處在低處可仰看山巒，站在高處可眺望山谷的地方，也是有檳榔樹，只是種得讓你不生厭，也會終日細雨綿綿，落在山谷裡，映著陽光山嵐，是真有幾分峇里島的感覺。

渡假的時候，我比平日上班更容易早起，幾次去鹿谷，我跟山裡的野雉起得一樣早。自覺開始習慣性的早起後，便知年紀有了。於是早餐開始迷戀清粥、學泡老人

清晨澡、散步時手上拎著一壺茶、到山林裡甩手練外丹功。我一邊走，一邊休息著、呼吸著、喘著，偶爾張開大口，吃一口檳榔花香著。我望著山雨欲來的冬雲，看看才七點鐘的錶，還是一大早，於是我學著小丸子的爺爺，心中響起這樣的俳句「人到了鹿谷，就會上了年紀」。問問民舍老闆，可有玉筍可食，可有山蘇豆豉，可有鹹蛋炒山苦瓜來著，我不是隨口問問，而是認真地探著，我應該在這樣的清晨揀拾一些山居的歲月味兒。

你應當終日閒暇，也當終日忙碌。閒暇於有這樣的閒情逸致，忙碌於找尋屬於那樣山林景色裡該有的、生命的樣子。我適合退休嗎？不的，我自問千百次，從不想遠離沒有電腦、沒有DVD、沒有汽油的城市生活。但我知道怎樣退休最好，一年去一次台東鹿谷，吃一回大費周章的山蘇豆豉，刮一次冬冷的早風，那樣的自以為是，我一貫的自以為是，不知老之將至⋯⋯

風之股

我忘了她叫什麼名字，就叫她老闆娘吧。她的柑仔店，總是一層灰，不是不乾淨，實在是海邊的風沙多。老闆娘還有十五輛摩托車，她靠出租車子，供小孩念了大學，還留洋喝了墨水。老闆娘的兒子跟老闆娘，都是實在的人，實在實在看不出來他們如此優秀，在那樣的海邊小店，資訊極度貧乏的地方，栽培出一棵小常春藤的電機碩士。

每年暑假，老闆娘的兒子從美國回來幫忙看生意。那時候的好處是，租車公司提供免費導遊，二十四小時的便利服務，觀光客想去哪儘管講，老闆娘的唯一條件是，不管走多遠，中午都得放導遊回家吃飯。

島上有片青青草原，往裡走到海邊斷崖，落差二十幾公尺的峭壁上，開滿奇花。老闆娘的兒子，經常一個人在這裡發呆，直到太陽下山。崖邊的落日，很

好看，那太陽足足有台灣的三倍大。照他解釋，那是一處接近天堂的地方。黃昏時刻，南村邊有逢週六才一次盛會的漁市集，新捕撈上岸的石斑、小龍蝦、海螺，以及怪魚，統統各只一條。四隻小生命，構成這個我以為是熱鬧非凡的黃昏漁市。我的到來，讓市集不到五分鐘後就打烊了。回家後，老闆娘幫我把它們料理成很原味、卻不怎麼美味的海鮮大餐。

晚上，我們喝酒。雖然島上的人們已經從早喝到晚了，但你真的應該喝酒。因為晚一點，我們要去海濱公路當遛鳥俠，老闆娘說，是男人就要習慣光著屁股在街上走，誰叫這是島上的風俗。

蘭嶼的風，吹在屁股上真舒服呵。

少年阿飛，有一群海上朋友，叫阿里捧捧。

阿里捧捧每年春夏交接季節，乘著黑潮暖流，來看少年阿飛。所謂「阿里捧捧」
就是達悟語「飛魚」的意思。每年五六月，一團團的白色雪球出現在蘭嶼外海，
那景象，在飛機上便可清楚看見。

族人捕捉飛魚有很多禁忌，不能使用魚槍也不能丟石頭，長老們更忌諱用網捕
撈。那要怎麼捕魚？阿飛說，成群的魚會自動飛到船上來，不到半天時刻即可滿
載而歸。若是夜間出海，長老們習慣帶隻土雞上船，船尾生起火把，雞鳴時刻，
萬馬奔騰像戰船鳴鼓，白花花的魚兒撲打著翅膀，像蝴蝶出谷一隻隻躍上漁舟。
頓時，海上星火搖曳，網成白蒙蒙的一片，晃蕩在海面，那景象我謂之「蝴蝶極
光」。

捕上岸的魚曬成乾，封在風中，族人就這樣吃到九月，一直到入秋天涼，他們就
不再吃魚了。阿飛說魚兒就要回家過冬，不能再將牠們留著。於是我們相約明年
見，阿里捧捧，我的海上蝴蝶。

泥巴山

有一年我心情沮喪，一整年都陷在一種泥淖中，陷不下去也爬不上來。一個劇團的朋友說，那我們就來和泥巴吧！於是七八個人，一夕間從北中南迅速集合到太麻里，我們要去蘭嶼和泥巴了。

劇團的朋友喜歡爬原始山林，做為固定時間的一種身體修鍊，對他們輕鬆，對我則是折磨，我加入那行列，不為別的，純粹只想找罪受，反正我是活得不耐煩了。團長說要帶我去看蘭嶼的天池，書上的天池拍得很美，但要攻上山頂得花去一個早上的時間。我想只是爬山沒啥大不了，真正進入山裡才發現，那是一座濕熱的森林，只在前半小時的山路還有木條階梯，接下來的全是泥巴泥巴泥巴。前人的腳印在地上踩出一條泥巴路來，你踩上那條凹陷路，正好是陷不死，抽腿卻得掙扎著，有時是一整座的斷山臂，你得抓著藤蔓攀緣而上。衝過了體力的撞牆期後，人早已

是滿身泥巴，那時候的挑戰上了癮，只想早點看見天池。

柳暗花明，天池果然美麗，我們脫掉身上的衣物，蹲在池邊乘涼。池水安靜，枯樹幹上幾隻水鳥。這時我發現池塘裡有福壽螺，是誰將牠們帶上來的呢？這杳無人煙的地方？

泥巴可以美容哦！團長拍拍我肩膀問我心情還沮喪著嗎？我說沒了，好得很，現在。泥巴美容？我想那是無寂生活後的一種心靈享受吧。城市人的腦袋，從來不流汗，久了會想東想西自尋煩惱，那夜我睡得特別好，因為全身痠痛的關係。

倒是那天下山的路上，我都在想福壽螺的事，到底是誰把牠們從底下帶上來的呢？這杳無人煙的地方？

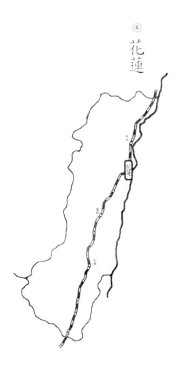

（五）
花蓮

我屬少年老成型，喜歡老舊、老人、老古蹟、老的回憶。
書裡的故事，很多都可追溯到三四十年前，現在再訪，未
必看得到。我其實是個很不負責任的導遊，說實在。

去紅葉原本只想去看看那裡出產過的少棒隊到底長怎樣？很多時候，旅行前的想像就只是想像，一旦上車，人就忘了要去哪裡，經常是路引著你前進，食物喚著你下車。忘了目的地，不是你不想去，而是額外岔出的心情，會牽著人改變方向。

我在台東開往花蓮的路上，在一處7-ELEVEN停車問路，瞥見了路上一個招牌「前方五百公尺有溫泉」。那是十月底下午三點，我開了六小時車程後的心境，滿身的細胞要我去泡一下溫泉。我一路開，竟不知紅葉有泉，還是這樣古朽瓦舍的日式老湯。因為是冷門時段，於是我享受了全池只有我一個人的大眾湯泉。

台灣只有北部人泡裸湯，其他地方的溫泉都得穿泳褲。青山多美好，在那當季的紅葉襯著秋風下，多想裸身擁抱大自然，可惜我沒那膽，只好入境隨俗，乖乖穿上泳褲下水泡湯。這溫泉真是舊，在一片全台溫泉熱的當頭，這種舊，儼然

有種「正宗」的保障。老式的日式榻榻米房,瀰漫的樟腦香味。黑水泥打造的
溫泉,不花俏,四四方方,就是泡湯,誰也別想在裡頭游泳。但也真是舊
了,來的人少了,成就了我這懷舊的老頭,戀戀風樸一整個下午。

當我起身上路,車子繞著來時的小路去,竟再也不曾遇見一車一人,往這舊時
光的記憶裡來。

無人知曉 的夏日海洋

這是我小二那年的故事，對於旅遊來說，書寫老遠的故事其實很吊人胃口，美好的舊事物若已結束，後人又如何尋覓？好在這事回來了，但它的確消失了一段時日。

故事是這樣的，三十幾年前有個很紅的影集叫《愛之船》。美麗的輪船上，浪漫的海洋很讓人嚮往。腦筋動得快的商人，於是也造出個「花蓮輪」來，那是當時台灣旅遊史上多轟動的一件事。乘坐花蓮輪，好像就真的到了加勒比海的感覺。在那只有四小時的航程裡，船上依然設有美麗的船艙旅館，高級的Buffet、遊樂場。然而那次的旅遊讓我印象深刻的，卻是一隻鯨魚。

當時我只是跑回船艙拿東西，錯過了目睹鯨魚的奇景。當我跑回甲板，媽媽姐姐都爭相告訴我，她們剛剛看見一隻鯨魚。我很後悔沒看見，於是整個後段的行程裡，

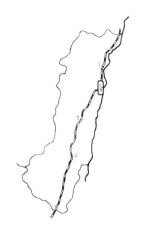

我獨自一人留在甲板，等待鯨魚出現。我拗著情緒，不回船艙，無法原諒沒人來通知情報。最後，我反駁是大家聯合編謊，來博取我的遺憾。我始終不相信台灣會有鯨魚，那完全是編出來騙小孩的故事。

事情過去好幾年，花蓮輪也早就停航了。關於鯨豚出現在花東外海的事，再也沒人提起。可是突然有一年，花東石梯坪出現了鯨豚。一時間，賞鯨團的行程又火速竄紅起來。沒人告訴我這三十年裡牠們去了哪裡，媽媽看見的那隻鯨魚，有跟著回花東來嗎？牠知道我等了牠三十年嗎？還是牠們始終居住在花東外海，等著有一天與我相見呢？

去年我跟媽媽去了石梯坪，我們看見鯨豚了，我問媽媽記不記得花蓮輪上的那件事？她說：「哪件？我只記得暈船一下午。」

洞頂烏龍茶

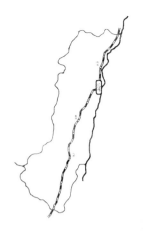

平坦的花東縱谷，忽地隆起高地，一輛火車停在瑞穗車站，再過五分鐘它就要駛進山洞，穿過高地了。

一群綁著頭巾的「開喜婆婆」，背著竹簍魚貫下車，正準備步上舞鶴台地，採收春茶。爬舞鶴不容易，祖母年歲的採茶女，腳程健步如飛。她們說，上等的茶比人蔘還難伺候，採收時間要掐得準，就怕雨季來，再好的茶，樹梢吃水過頭，摘下來的只能填枕頭。火車轟隆隆地穿過山洞，人站在茶園頂上，腳底隱約感到一陣酥麻。茶農說，每隔半小時火車會幫茶葉按摩一次，葉脈打通了，氣走得勻，茶才生得健康，鎖得住香。天天享受SPA的舞鶴茶，在這兒也叫「洞頂」烏龍茶。

在瑞穗喫一碗茶，讓人想起，坐火車揀茶包、大肚壺斟茶水的美好，那已是許久、許久以前的事了。

二〇〇〇年我開始寫下第一篇〈坐火車的抹香鯨〉起，至
二〇一〇年我第一次去綠島，回來發現我已經不想寫了。
整整十年，以蝸牛般的速度完成這本書。要不是麗玲邀我
在行遍天下寫專欄，假日，我該是會懶在家看電視的那種
人。

時間是民國八十年，離我大學畢業還有四十天，離太平山封山只剩三天。

兩台租來的小巴，車子開著開著遇到水窪，後車廂就自動掀起來了，冷風灌進車裡，或者霧，我們走走停停，除了車子經常出狀況外，路況也很糟，一路泥濘。我們砍了兩棵松樹，車上的人都說，早知應該殺一輛吉普上山。原本三小時的車程，我們走了七點鐘，一行人到山上，都成了泥巴人，那個風雨交加的五月天，竟如此寒冷。

泡過澡後，晚上十點多的太平山館，多數的遊客早已就寢，我們一共十四人，坐在山館前的台階上唱起校園民歌。大學生嘛！除夜遊還能幹啥？花樣不就是這般庸俗。可能是離畢業的腳步近了，那夜晚的歌聲竟有點傷感。唱到山裡的夜霧來襲，我們進房抱出棉被裹著身子繼續唱。再唱《就要揮別》時，開始下雨，又捨不得走，便又進房拿出大傘又唱。已熬不住睡意的人陸續上床睡覺了。子夜午時，只剩

我跟小惠、阿川及豆子。剛剛的雨滴凍在松針葉上,一顆、兩顆、幾百顆千萬顆。
我說我想唱鳳飛飛的《松林低語》,他們三個聽成「松林滴雨」。我們哈哈大笑,
那是我記憶裡的太平山,要辦入山證才能入山的一個地方。然後……

然後下雪了,這已是八年後另一個冬夜我重遊太平山的故事了。安安靜靜的雪,像
一群白色的螢火蟲,忽明忽隱、徐徐地、飄啊飄地,落在松針葉上,落下的那刻就
化,前後不過三分鐘,雪就停了,我的好友來了,我說剛剛你錯過一場雪,但他不
相信。是的,沒有人知道山裡正在下雪,山不知道、樹不知道,抬頭一輪明月,它
似乎也見證著我的謊言。

人世間,美麗的事都是一下子,白色的螢火蟲還有……松林滴雨。

兩個
雨夜

這是關於兩個夜晚，四個人的故事。

第一個夜晚，在民國八十年，我先前說過的那次太平山行。我們在封山的前三天
跑去，因為接下來我們不會再一起旅行了。

在用過晚飯洗完澡後，唱歌的唱歌，夜遊的夜遊，還有窩在棉被裡聊天談心的，
我不知怎的走出房舍來，恰巧遇到神秘兮兮的阿川，我好像逮到他要做壞事一樣，
阿川說有好東西，叫我別張揚，到後山的階梯等他。但風聲走漏了，又來了兩個人。
阿川沒說什麼，掏出口袋裡的三合一咖啡，我們一行四人，繞過宿舍來到浴室，扭
開大字號的熱水爐，阿川撕開隨身包，留下的包裝他說不能丟，要捲成一根棒子，
拿來充當咖啡湯匙。四個人平分二包咖啡。熱呼呼的捧在手心，那瞬間的幸福，價
值連城。

我們坐在花前月下，眺望漆黑的太平山谷，早先下的雨，都凍在松針葉上，一串串
銀色的珍珠。我們頓時都非常安靜。蜷縮著身子坐在露濕台階，哈著手中的熱咖

啡，心裡想著，就要畢業了哦。我們，之於當年的那個班級，是優秀的，但面對眼下的前程，卻不怎麼模範。有人考進了研究所，有人已找到好工作，更多人是出國進修。我們像晚了好多拍一樣的傻子，想起就要畢業。我想著美好的大學生活，多想就此停在那一刻，像我手上那杯咖啡，可以喝很久的。

三天之後封山了。政府為招來更多觀光客，太平山必須封山重整。那山從此在我的心裡休耕多年，就在那一年後，我去了金門當兵。我在冷冽的海防邊上，滴滴答答的雨，下在三更半夜裡，遠處一兩聲狗叫聲，聽得讓人顫寒。查哨的排長來了，溫文又魁梧的一個人。他問冷不冷，我說不冷。我們一向是這樣回答長官的，他又問：「有沒有帶杯子」，我說沒有。「那把水壺的水倒了吧。」他說我照做，之後排長把他水壺裡的熱咖啡倒給我，這種突來的幸福，真想掉淚，你能想像一個站哨的阿兵哥可以喝到咖啡嗎？是那咖啡，讓我這麼想起了太平山⋯⋯

望著黑黑的查哨車離去，我突然想起阿川、小惠、豆子，他們此刻在哪裡呢？

坐火車
的抹香鯨

清晨，天還蒙蒙亮，蘇澳站外已擠滿一群魚販，趕搭早班平快火車，北上松山。
同一時間，松山站也有一群熟面孔，正準備南下到蘇澳漁港，釣魚。

為此，台鐵特別把貨車櫃讓給了這群賣魚的以及打魚的。火車沿線停靠，於是就有
村人陸續上車買魚。這班平快車，便成了自由貿易的物流商場。列車上出了名的，
還有個賣冰淇淋的「叭噗先生」。號稱零下五度C的芋頭冰，鮮度絕不輸給魚。
他說，這班火車還載過一個遠洋來的稀客哦。去年夏天，一隻擱淺的小抹香鯨，
就坐這班火車，直達苗栗的鯨豚保育中心。他咧嘴笑：「蘇澳的魚喜歡坐火車旅行
吧。」靠海的鄉民，身上有一種特殊的海鹽味，叭噗先生說，那是「天公牌」的道
地香水。

清晨五點半，天邊魚肚白，蘇澳魚群準時靠岸，開始一天的火車旅行。

流過
阿蘭城

吃過午飯，村裡的婦人們照例出門洗衣去；城的中心有座洗衣場，離誰的家都不遠，但要走起來還真是累，多數人不管多近多遠，來到城裡的洗衣場，都是騎著摩托車來的。

夏天村裡的大部分時間，看不到人，因為天氣熱。即使相思林木茂盛，沒人的小村裡，地表遠遠看去，熱融的氣流處處可見，只有小溪流經的地方，看得到喧囂的村人們，帶著一家大小，零零散散，來到阿蘭溪下玩水避暑。小小的阿蘭溪匯集成一座天然泳池，水溫很冷，仔細一看，地底的湧泉，咕嚕嚕地冒著泡。再細看，一條條的苦花魚，三隻、五隻、十隻，還有成群的小魚們，宛若那是個大型的水族缸。這個天然湧泉，還有後方的天然浴場，都是人魚共處的。人站在水池裡，魚兒會來叼食身上的角質，一旁的阿伯説，被魚吻的感覺，像針灸，每天來這麼一下，泡泉、游泳加上魚療針灸，可以長命百歲。

泡在泳池裡的，都是中壯年的男人或者小孩，年輕人只興釣魚。但規矩是，不能在

泳池裡捕撈,更上方的蓮花池裡,給水鴨游泳的地方,才允許垂釣。於是蓮花水塘
的歸年輕人、泳池的歸壯年人、洗衣場的歸婦人,最後最後,半露天的浴場裡,就
都是老阿公們的天下了。很多溪流匯集之處,橫倒著一根根的竹木條,上游流下

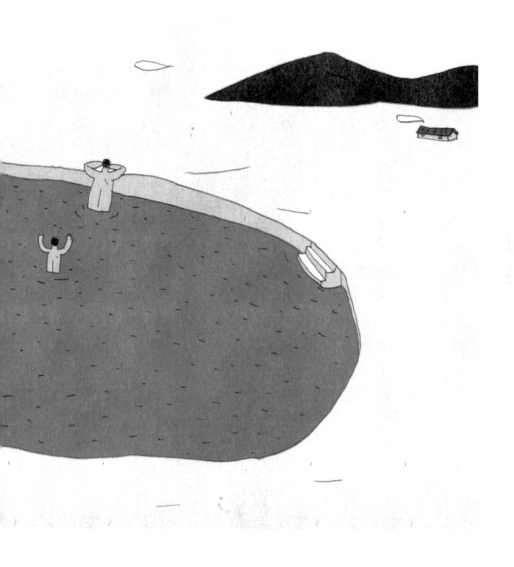

的蔬果就真的被擋在竹閘前，這樣恬靜的小村，清澈的溪流，跟電影《佐賀的超級阿媽》還挺相似的。阿蘭城不在深山裡，卻有條清晰的溪流，那是我夢寐以求的城市小村，該有的、富足的樣子。我家門前有條河，我多盼望哪！

天台
的月光

北台灣的基隆港有座興華島，島上有支燈塔，燈塔裡有個咖啡館，老闆姓林，台台的、看不出來會煮咖啡。

塔上有瞭望台，斜出去的玻璃窗，窗不明不淨，偶有結晶的海鹽黏在窗台上，海天一色的水平風景，岔出好多根釣竿，一整排遠遠看去，像是插了好多炷香在海上。塔裡沒有浪漫的景色，情侶不多，倒是釣客上來借廁所的很多，實在不是喝咖啡的好地方。問林老闆，為什麼賣咖啡？釣魚人好像喝啤酒比較對味。林老闆說，他的天台不是沒浪漫過，只是時日早過。二三十年前，二林二秦的影片當紅，電影裡情侶只要吵架，下一秒男主角一定可以在海邊的燈塔找到流淚的女主角。沒有比賣咖啡更恰當的了，說著說著，一個曬得黝黑的男士進來買了一杯紙杯裝的 「冷咖啡」。我望向海天，岸上一群釣客，個個是不說話的啞巴，那是釣魚人一種慣有的、安靜的、蓄勢待發的風景。防波堤上釣客腳下人人一瓶保力達P，那黝黑男子將剛買的咖啡注入他的保力達P裡，我熟悉的江湖男子氣味，這就是了。

這是二月的下午四點鐘，海風很強，刮在臉上叫人刺痛，天邊的星星已經起床，再過一小時，月光也該上班了。

我到過的地方，Nobu大都沒去過，他常很無辜地問我，
不知怎麼畫，我就回他，寫意一點畫，別考究太多。當年
我找他來我部門做美術，他也說，不知怎麼做廣告，事實
上他是扮豬吃虎，典型的宅男不出門，能做天下事的人。

七彩霓紅
土雞城

我們都喝醉了，於是只好攔了計程車回家。好心的司機打開天窗，一輪明月掛在我頭頂上，不知是我醉得眼朦，還是冬日的月暈。突然覺得這樣的世間美景能有幾回？趁著幾回醉，我不由自主地哼起日本民謠《荒城之月》。這個週末，我們有遠到的美國客戶，打著招待之名，我們所有一干人都放鬆了，在「土雞城」裡。

土雞城，不是一個城；它是所有城市往山裡去的一種奇異景象。往烏來、往宜蘭、往坪林、往溪頭、往阿里山……。我跟一個來自美國的客戶解釋：「是的客官，您誤會了，台灣的土雞城跟美國的水牛城是不一樣的，我們往土雞城的唯一目的，就是去吃雞」。此語一出，他露出驚訝表情，他看著道路兩旁的檳榔西施，秀著他的結婚戒指，以為我真帶他「買雞」去了。

土窯雞，我稱之為山裡的速食店。吃過三兩回，每次的動機都一樣，總認為它是很道地的山產，但吃過都後悔。不知是手扒雞的味道太過速食，還是野人吃

法太過倉促，總之啃完一根雞腿後，接下來的感覺，就是所有人都任它擺著、擺著，然後打包，帶往下一站，捨不得丟，也吞不進肚，最後結局當然是——餵給山裡的土貓、土狗……嗯可能還有土雞。

也不是不愛土雞城，週末的冬夜偶爾殺上山，來一鍋「鳳梨苦瓜雞」倒是挺有Fu的；當我跟朋友這麼推薦時，卻是一到了山上反點起了薑母鴨來。那些倒錯的味蕾，擺脫不開的朝九晚五的秩序，都來自於我們對城市太過熟悉，缺乏冒險的勇氣。當我這麼說時，友人卻反駁我說：「幹嘛拿週末的胃來冒險呢？」說的也是，人到了一定年紀，最快樂的事，不就是與好朋友好好地吃一頓，快樂地喝一杯嗎？於是越嘈雜的，越能讓我們血脈賁張，這也是土雞城裡夜夜笙歌的原因吧。

附設卡拉OK的土雞城，不要懷疑。燒酒、音樂、七彩霓紅燈，我們就是要這般快活的「醉」在週末。

向左彎
向右彎

這裡，不種茶的，採茶；不採茶的；賣茶，不賣茶的，至少喝茶。這是坪林鄉，傳說中北宜公路的綠色黃金城，就是這兒。

秋日午前，老農一家，趁著太陽午睡，雨要下不下，趕忙鋪布曬茶。一個四十幾歲的老伯，遠遠喊他三叔。三叔看著天，手抱一堆茶，邊撒邊說：雲層散而厚，午時山起風，光稀日微，正好二十三度，是時後了，快叫大家趕緊曬了吧。這時，整條門前道，灰鴿色的，頓時綠油一片。

文山包種茶，產量雖非第一，「東方美人」卻是茶中極品。曲捲的茶葉，以山泉沖泡，一心二葉如伸展的雙臂，旋轉於杯中，在西方人眼裡，像個體態輕盈的東方女子跳著曼妙芭蕾。三叔說，東方美人多外銷，觀光客現在興的，是到這兒喝咖啡，哪個山頭景色好，行動咖啡館就往哪兒跑。觀光客來了，管他喫茶還是喝咖啡，總之熱鬧了，自然有生意。三叔的家近親水公園，問他家怎走，以前他說直走。看了金城武的電影《向左走向右走》這樣走紅，他說，做生意還是得有廣告術語。那到底怎麼走，三叔說，還是走北宜，然後，向左彎，向右彎，向左彎，向右彎……。

一碗一塊磚

那個夏天，男子在租來的頂樓裝了冷氣，從那時候起，他星期日就懶得出門了。經常是在快接近天亮的星期天一早，帶著加班一夜的身子回家，然後倒頭就睡，冷氣讓他忘記夏天。

到了下午五點，窗外沙茶炒麵的油煙會鑽進屋來叫醒他，他厭倦了那味道，卻也離不開。巷子裡一群輪夜市晚班的炒麵攤，同男子在這一刻醒來，洗菜的、擺桌的、吆喝的聲音此起彼落。男子習慣，在無所事事的生活空隙中，充填一盤沙茶炒麵，那彷彿是一種秩序，成了老士林人一種無謂的休閒。

男子把麵攤當成自家廚房，習慣每週報到。老闆端麵給他，總是那句：「少年咧，不通三頓做一頓呷」。麵攤老闆說，夜市很多熱鐵皮的廉價租屋，狹窄而且悶熱，很多打拚的青年來來去去，像群辛苦的自助旅行者，熬個一、兩

年，搬走的就不會再回來了。住夜市的年輕人，打過滾，耐得住考驗，像他桌上洗不掉的乾巴油漬，這樣的青年、這樣的故事，士林夜市很多很多。

男子邊吃麵邊聽老闆說故事，心裡卻有一種感覺，台灣的夏天真是越來越熱了，以前這時候跟阿爸去吃炒麵，好像天氣也沒這麼熱吧。男子的麵掉落在桌上，他夾起再吃，一塊油漬暈了開來。極為濃烈的沙茶牛肉麵，儼然已成為士林老街的註冊商標。男子大口吃麵，卻邊想著，明天要上班了哦，他想，嗯，等錢存夠了，就自己買個房子吧，不住這地方了。

十年後，男子買了房子，聽說麵攤老闆也蓋了夢想豪宅，一碗一塊磚的麵攤傳奇，道不盡台灣的夜市事。

流光影像

人啊，總希望有些東西是不進步的。十年前哪個樣，十年後，就得還是那個樣。想跟大家說說烤玉米。大家都吃過，但要找到豬油烤的，是真罕見了。

那些叫人忘不了的小攤，撐了二十年，沒混出名堂，連《美鳳有約》的招牌也沒見著，
這樣的烤玉米，才是我眼裡真正的好味道。媒體做節目，喜歡撿現成的講，人潮來後，師父為趕工，換了瓦斯烤，玉米也會先蒸後烤，貨才出得快。這種市場惰性，造就一堆沒感情的玉米攤，叫人味覺念起舊好。

我一直以為，越傳統的小吃，離台北越遙遠。兩攤好玉米，台北師大路上的老爺爺與彰化成功民生路口的老阿嬤，兩攤生意都不昌隆，但是傳統。老爺爺的玉米，起爐前還刷上泡打的蛋白，皮脆脆的還有一點焦黑，咬起來滋滋響。老爺爺動作慢，爐上一下子擠上五支，就會有一、兩支給烤焦了。你看著急，催他翻面，老爺爺於是又刷了一層蛋白。經常是這樣烤了好幾遍，你聽他講千篇一律的故事，老爺爺的玉米是醬汁混著人生，焦黑入骨，有風霜的味道，照顧他攤子的，全是國家未來的孔夫子。

彰化的這攤，歷史更久，阿嬤烤了四十年，賺了二棟樓房，是典型的小攤致富。女

兒的嫁妝，孫女的嫁妝，而今有了曾孫，老阿嬤還要再烤出一棟嫁妝來。她的玉米
攤，四十年來從未見過大排長龍，顧客稀稀疏疏，女兒叫她退休，她不肯，覺得成
功路口要是一、兩天沒飄煙，路人肯定不習慣。老彰化人回家路過，總會來上一根，
那味道據說是一種流光影像，讓人想起七○年代的彰化，想起阿哥哥頭，想起日語
電影，想起黃昏騎腳踏車賣醬菜的婦人，想起跟馬子約會在四果冰店，想起某年某
月的某一天……

貓空空空

貓空，頭一次聽到這名字是多麼地雅致。真正認識它之後，發現它竟然是這樣，山裡一堆野貓，沒事亂叫，擾了欲丟煩事前來山裡靜養的人們。貓沒清空，是謂貓空嗎？我是無從考起的。

日本人是會做節目的，把貓空說成是台灣品茶賞夜的好地方；品茶、賞月、外看世間最大樓——台北101，事實確也如此。日本人說貓空是台北的箱根，遠離塵世的便利性，很像東京人之於富士山。我的認知是，台北人不是貓空最大的觀光客，外地人才是大宗。週末夜，更有一群機車族，群起攻上山頭，我覺得那畫面挺熟悉的，很像週末辦寢室聯誼夜遊的學子們玩的傳統把戲。

我難得說一個地方的壞話，但貓空式的喫茶趣我怎麼看都不有趣。一來我不喜歡那

什麼醉月樓的店名，一派吟詩作詞的裝潢，店內裡有人枯藤老樹、有人小橋流水外加金鯉穿梭其中。還有店家會放梵音音樂，但萬萬沒想到它們竟然都提供了撲克牌，那是啥景象呢？我沒錯亂，只是不欣賞，這種形式的悠閒其實是挺吵鬧的，讓人心神不寧。真要這樣喝茶，你得給我點珍珠奶茶配厚片吐司，妙的是店家不賣珍奶，那多庸俗啊，老闆娘輕聲一笑，意指我這客官說笑了，但且慢，厚片吐司他們有……真奇了我，這樣混搭風格，你也只能入境隨俗了。

一直以為日本人吃什麼都說好，玩啥都說樂，這樣抬舉貓空，我們是該感謝他的。我不懂茶，商家真是這樣經營茶道，我肯定難有下回。真要下回，那麼下回去貓空騎自行車吧，那倒是一個好地方。

蝙蝠
星空下

黃昏時候，彰化老家那塊四合院的庭前地上，一直放著三張板凳。

三張板凳白天用來曬棉被，晚上就任它棄著，猛吸露水。長久下來，木凳被時間烙出很深的木紋，一條條陷得極深。

我喜歡把手心放在上面來回搓揉，那跟電影《愛蜜莉的異想世界》女主角把手往豆子槽裡鑽的感覺很像。搓完手後，我喜歡躺在椅凳上搓癢，看滿天飛舞的蝙蝠，吱吱喳喳佈滿天空。突然想起這樣的黃昏下午，世界很吵，風景很靜。沒有人知道我在做什麼，卻是我的幽靜時光。

夏日廣場的水泥地，還在溫溫發燙，時有涼風，躺看天空，有一點點的睡意。那時

間很短，約莫十分鐘天就暗了，滿頭飛舞著小細蚊，來趕你，叫我起床、洗澡、吃飯去。

很多時候，也是這樣快接近傍晚的時分，辦公大廈裡的落地窗望下去，車水馬龍的藍色詩調很有台北圖騰，也是安靜極了。趕下班的人潮看似螞蟻，卻像是爬滿大地的蝙蝠，跟三十年前仰望天空有著相似卻模糊的記憶落差。

那樣的片刻寧靜，沒有人知道我在想什麼。所有人不敢來打擾你，你的背影從後望去，有著嚴肅的、正在思考的、創意總監的樣子，誰都嗅得出。就那麼一根菸的時間，一天的所有紛擾會在片刻得到平靜，菸熄後，天也近乎暗了。

黃昏一刻，一天的旅行，時光隧道三十年。

饒河街夜市有我認為台北最好吃的臭豆腐以及麵線肉羹。兩家都是老字號的小攤，雖說我不是很信招牌與口碑，但好吃的確沒話說。

賣臭豆腐的這家，幾乎都是現炸的，皮炸得很酥，三塊賣四十元，我建議兩人合叫一盤，淺嚐兩口，這種吃不過癮的空虛感，會讓人非常想念，就怕一盤下肚後，太滿足反而會不斷反芻油膩味的空氣，一整晚下來，都是臭豆腐在胃裡消化的味道，聞多了，反胃，反招來壞效果。因為膽固醇過高，我開始對臭豆腐忌口，學會淺嚐到味的功夫後，我反覺得這才是把臭豆腐這道小吃發揮到極致美味的指導原則。

我每每到訪，老是會遇到在此吃蚵仔煎的人士，不知誰規定的，這兩樣東西混在一起賣，我多次想告訴老闆，經營一樣就夠他發了，不能凡是可以在夜市湊上一腳的都要端上桌，更何況他的蚵仔煎一點都稱不上好吃。

而真正該混在一起賣，卻沒混在一起賣的，是隱藏在「廟巷道」裡的一家「油飯麵線」老店。我很少點油飯來吃，也是因為怕太飽足，我推薦的招牌是麵線與肉羹，叫兩碗來混在一起吃，我通常會帶個伴，所以這樣的吃法，剛好一人一碗，我當然是以強迫推銷法叫我的朋友硬給吃下肚。但你知道嗎？至今得到的評語都是一個「讚」。我從沒告訴過老闆，他應該開放這樣的吃法，在此只提供給我的讀者。為何會想這樣吃，因為彰化的麵線是允許與肉羹混著賣的，我只是把彰化的小吃精神發揚光大而已。

老闆親自調配的辣椒醬也是一絕，放一點點，整碗麵線肉羹簡直是……老闆的麵線湯汁沒有很重的勾芡，更能彰顯湯頭的清淡之美。但你還是只能吃一碗，別因為好吃就貪，到了夜市，千萬要把胃的空間騰出來給各方小吃。

至於這最後一寶呢？留給豆花冰、綠豆湯、包心粉圓或者青草茶，我就不那麼硬性規定了。反正呢？我只薦兩寶，最後外加一杯「只要是透心涼的什麼都好」。

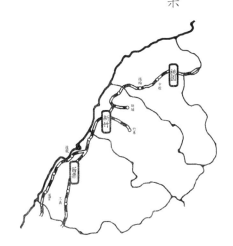

我常在旅途中花很多時間在「有樹的地方」撿種子。這樂趣，我很少跟人說。二〇〇九年我在中國參加一個廣告節，遇見了知音，他尾隨在我身後，並在一旁偷偷告訴我，我撿的是什麼樹的種子，我回頭一看，那人正是孫大偉。

我是這樣結識孫大偉先生的。

學生車站

有一年，為了某個鐵道研究，我走訪幾個火車站。

我來到山佳，書上說山佳最繁忙的時間是早上六點十五分，不是六點也不是六點半，那時刻一到，原本空無一人的車站會湧入大批學生。賣菜的阿婆朝著後山坡上大喊一聲：「火車來囉」，頃刻間，從山坡上蜂擁而至的學生全竄了出來。那景象真是驚險。我為了看這熱鬧來到山佳，卻是個不巧的時間，一個冬日卻有夏季溫熱的下午三點半，車站死寂似地安靜，可能是天氣太熱，也可能本就了無人煙。

山佳站坐落在樹林與鶯歌站之間，這之間又躲著幾個不大不小的山洞，當火車緩緩從山洞裡駛出來，隱約都還聞得到煤炭味。由於這裡沒有天橋，所有北上的旅客都要直接橫過鐵軌，來到月台候車，剛從山洞裡駛出的火車，緊接著就會通過山佳站

有名的S型彎曲軌道。這個視線不良的死角，讓很多初到此地的乘客根本意識不到火車進站。想來這裡的站長可真有得忙了。為了不讓剪票員一邊剪票，一邊當交警，鐵道局乾脆在剪票口上方設個警鈴。「舊時代的火車還會叫，現在的安靜得要死，夏天一到，蟬聲都還要壓過火車聲，沒有這警鈴，還真是險象環生呢。」老站長這樣說著。他還跟我說起山佳站的二代學子故事，故事大概是這樣的……

山佳不是大站，但要去樹林與鶯歌念書的學生很多，一天裡最繁忙的時間是上學與放學的這兩刻。站長說，他覺得自己好像是這些學生的教官，守在這彷彿是學校的警衛大門。有時誰慢了，他還會朝後山大喊，「還不快點，上課要遲到了。」時日久了，他成了校方與家長們最可靠的點名簿。當年好多學生後來成家立業，就這樣，一代看過二代，老站長又成了他們的守護天使。

至於這個S型彎曲軌道，站長還告訴我，外地人覺得危險，可那卻是學生們最好的鬧鐘，熟睡的學生當火車進到S型彎曲軌道，左震右震，大概也都把大家給搖醒了。做為一個典型的「通勤車站」，山佳可真是天造地設的學生車站啊。

攝影師
與外交官

騎著摩拖車，從中壢一路蜿蜒到三峽，十五年前一堂攝影課，小鎮裡一下湧進百人，好不熱鬧；那時的三峽跟九份很像，沒觀光這回事的。

十五年後再去三峽，一根樑一塊磚，還是老面孔。天井弄堂裡的人依舊老樣子過活，春源葬儀社香厚的紅檜木味，一樣沒走調。不是沒進步，對老三峽來説，一瓦一磚仍能屹立完好，挺得住時光淘洗，就是進步。

三峽鬧街的地標——祖師廟，雕樑陳鬱厚重，色澤黑亮樸實。整座廟堂，裹在古老氛圍裡，寧靜陳舊。一到夏天，經常可見數十位老爹，或坐或躺，在廟堂裡寒暄避暑。夾在人群裡納涼的，總有那麼一兩張洋面孔，背著厚重相機，繞了大半地球，前來三峽取經。三峽美名於是不脛遠走，每逢正月初六，祖師聖誕，屆時的神豬大賽，又是吸引外國友人前來的攝影盛會。

玩攝影的人，百年來從沒在三峽消失。他們安靜地來，把小鎮的浮光掠影，記錄下來再傳播出去。每一張照片都是外交官，為咱們默默招攬觀光客。

山中
美術館

民國六十八年的某天下午，從軍中放假回來的四叔帶我從彰化坐火車上台北。縱貫山線的火車走走停停，每到一站，車門自動打開。三兩個阿兵哥，走下車抽菸。舊式的火車門像電梯門，打開就是一幅畫。散客站在畫裡，風景和人都是散漫的，沒有預警的廣播，也無車長搖鈴，三分鐘後，車門自動關上。

老火車走得不疾不徐，等收假的阿兵哥也不急，捱過一刻是一刻，時間都是用來浪費的，火車就這樣晃了五小時到台北。我興奮地跟著那些阿兵哥，每到一站就下車尿尿，學孫悟空到此一遊。於是當老師問起，誰去了勝興我答「有」，誰到過香山、內灣我也答「有」。那它們長什麼樣呢？老師問。我搔搔頭説：「山裡的人家，都冒著煙，家家戶戶都在燒開水……。」而今憶起，那畫面烙在我心裡的，卻是舊山線老香山車站的那塊鐵皮招牌。

煙消雲散的記憶，在十六年後的某個電影院勾起。我遇見安哲羅普洛斯的《霧中風景》，忽地想起香山車站後山那些燒開水的人家、灰蒙的冬日雲靄，以及佇立不動叼著菸絲的阿兵哥。他們，都框在我的記憶裡，那個三分鐘後自動打烊的美術館。

蒲葵
古都

幾次去京都的哲學之道，我興的都不是銀閣寺，而是寺後方，那些矮磚瓦的民家，
彎彎曲曲的小巷裡，入秋後的時分造訪，偶爾還有一兩顆剛熟透的柿子，黃橙橙地
掛在屋簷上，真是好看。

就有那麼一兩刻的時光，我在北埔的古巷道裡，也望見這樣的風景。不知何時開始
的，竹苗區裡的幾個客家村，這幾年突然從古樸的歷史裡走出來了，向世人展露著
隱藏多年的素顏。當然那些小吃是少不了的，傳統的醃漬食物，客家擂茶，還有很
多我來不及吃也來不及記下的美味……；想說的是，我入了客家村，卻對客家村裡
傳統上該品味的都給忘到一邊去。我戀眷的，是那些矮磚矮牆裡冒出的小花，以及

傍晚時分，從房舍的磚縫、煙囪裡，竄出的客家媽媽烹煮的美味。

那是個什麼樣的味道呢？那是蒲葵的味道，混著竹蒸籠米飯香，還有蘿蔔乾的香味，不知是客家人習慣炊粿，還是「粿」已成了觀光客的指定名產。 我總覺得蒲葵散發著一種夏天傍晚，庭院前暑氣未消，像是大地在烘烤晚飯，很六七〇年代的黑白色記憶。

那個記憶是，阿公一手咬著蘿蔔乾蒲葵葉糕餅，一手吟誦著古詩古詞，巷弄裡的哲學之人，一如古京都裡櫻花樹下的人家，這裡是北埔，我心裡的古都。

可樂山

苗栗交流道下，左轉台六線，一直走一直走，除非你想採草莓，但我可以告訴你，反正入冬後，苗栗的山裡到處是草莓園，不急著忙，因為沿路山美田好看。休耕期的田裡此時花海一片，大部分是大波斯菊，偶有種向日葵的。冬季的大湖、公館、南庄、卓蘭一帶，田裡很多觀光客，不是採草莓，就是下田拍照去。

我岔題了，咱再繞回台六線，行約半小時，河床公路上左邊赫見一處「打鹿山」。山路陡峭車難行，越往裡去，空氣越是清好。此處，因著油桐花而盛，四五月來，肯定車子上山的下山的全擠成一團，遊玩的心情絕不會好。那日冷氣團下，我與一行心智提早退休的中年男女，殺上山去，不見其他遊客，只見山嵐穿梭其間、並從我們下榻的民宿的露台，飄散而過。

山裡多霧，理應潮濕。民宿主人卻說，比台北好很多。的確，那裡的空氣乾冷，一堆不知該怎麼稱呼的花朵，全拚命吐著香，你聞著聞著，似覺得整座山，有淡淡的、像可樂開瓶時的味道。於是我給這山取了名叫「可樂山」。可樂山腰上，有座這兩年挺紅的「桐莊民宿」。諷刺的是，我的可樂山雖以桐花聞名天下，但拜訪它的時節，卻千千萬萬不要在四五月，因為實在人多。

山冷，什麼都美。整個山裡就只有四五個好友的感覺更美。那感覺，兩天一夜就夠了，朋友說，等老了也弄個這樣的民宿來窩窩。嗯~聽來不錯，借李安的一句話，這叫做──每個人心中都該有一座可樂山。

霧裡看花

出了南庄，路只有一條。不趕時間，沿著來時路走，會遇見早上堵車的同一群人。為了避開人群，我只好往前開。路越往前，山越高，車越少，就這樣我一路開到神仙的住家「仙山靈洞宮」。

靈洞宮，不是觀光的好地方，而是半路歇腳尿尿的休息站，我也是「到此一遊」的過客。但有一群人，卻是樂天知命的融入者。每隔兩小時靈洞宮就有一輛大型遊覽車帶來一群阿公阿嬤。在這高海拔的小庄上，最受歡迎的景點居然是廁所，解完手，老人家不忘買土產，瘋狂似的，一人買了，其他人都蜂擁而上，竹筍乾、醃菜、梅子、蚊蟲叮咬膏、就連茶葉蛋也都造成搶購。老人家真的很好伺候，不吵不鬧，有吃有喝有得撒，就是旅途愉快了。

可能是叫靈洞宮的關係吧，山上一年到頭都是霧。外頭是霧，廟裡頭也是霧，老人家多虔誠，人手一把香，裡裡外外地拜。天拜地拜什麼都拜，一台遊覽車就可以讓靈洞宮香火鼎盛，爐火幾乎燒將起來。廟公說，山裡偏遠，沒什麼年輕人會來，都是老人家在照料這裡的老神仙。

四月適值春暖，山裡滿是油桐花，但你實在看不出那是花還是霧，整個山頭白濛濛一片，只有路是黑的，因為濕答答的水氣關係。早上還偶有陽光，下午用過午飯後霧氣特重。商家說這時候的臭豆腐生意最好，一群銀髮族坐下來，是夫妻的兩人一

組，姐妹淘的三人一組。全湊合著合吃一盤臭豆腐，又是一陣熱呼呼的白色水氣，配著老人家白亮亮的髮色，靈洞宮剎時真是個白色世界。

我買了一根很硬的鹹冰棒，我想它放在冰庫裡應有兩年了吧。説著説著！嘿我也呼出一團白色的世界了。

關公鬥魚
觀世音

我的日本友人茉莉，講一口「還好」的英文，我用我「還好」的聽力，與她過招。
挑戰的第一課，她問：「觀世音在哪裡？」我說：「大的那個在基隆，其他的在心
中。」她皺起眉頭，又問：「關公，關公哪裡找？」我也皺起眉：「嗯~警察局、
竹聯幫、奇摩、eBay都可找。」

她聽完哈哈大笑，說我怎麼可能不知道，「台灣的神明，有名，美麗，她要買回
去」。買神明？我頭一次聽，以為她是超級樂透迷，搞清楚後才知，人家指的是三
義木雕，聲名遠播，這下是真的無遠「佛」界了。

跨文化的牽線者，不是咱們觀光局，而是裕隆企業辦的木雕節。她帶著我看水美

街，細説神雕村社區總體營造的由來種種。她甚至知道，三義還有一項特產——「蓋斑鬥魚」，這在日本人眼中稱為「台灣金魚」的鬥魚，古早時期就已進駐三義。而我竟是連聽都沒聽過。看她細説三義的一切，彷彿我成了外國人，實在汗顏。

「桃園三結義，三義三義，到三義當然要買關公囉！」茉莉的中國歷史，不可小看。看著她一家一家尋找關公木雕的背影。我突然想起電視冠軍，想應該叫她「三義通」還是「關公通」呢？

聽雨

山裡，不知怎的，下午三點總是灰色一片。夏天就這個樣子，更別說雨天、冬天。泰安，多數人說起它，想到的都是休息站，但在我心裡，這名字等同深山，隨時感覺天色就要暗了的深山。

造訪三次，一次夏天，兩次冬天；一個正午，兩個黃昏。都不是假日，正因人煙稀少，恍惚間以為那是沒人造訪的山林，加上天色老是陰陰暗暗，不時岔出的山路，讓人不知開往何處，迷了路，山裡也沒有童子可問，一個直走，不知更往山裡去，還是柳暗花明來。這樣的泰安當然多霧，霧靄裊繞，引客入林。一回，山裡雲霧和著稀疏冬雨，拌著空氣裡的七里香，我因追隨雲霧而誤入「溫泉鄉」，原來那雲霧乃地熱之泉，蒸發於人間。那樣的下雨天，像詩人筆下的江南雨點，落在池塘裡的一朵漣漪。泰安溫泉，湯池外的風景是一條泉溪，兩旁都是蘆葦花，花上都結滿水珠，垂盪在風雨中。這時池子裡的我，想起南宋詩人蔣捷的《聽雨》詞：「少年聽雨歌樓上，紅燭昏羅帳，壯年聽雨客舟中，江闊雲低，斷雁叫西風……」

沒有人，一個無關緊要的雨天。泰安的溫泉鄉，是聽雨的、詩意的、惆悵的、人間有天堂的。城市電腦人，找個安安靜靜的雨天，到泰安的溫泉鄉……聽雨去。

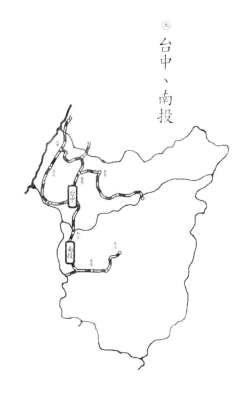

台中、南投

九二一週年我在奧美廣告，認識了7-ELEVEN的行銷總監劉鴻徵。當時他們一直想為台灣做點什麼，於是推廣一系列「跟我一起去旅行」的行銷活動。為此我重回南投，拜訪竹山、埔里、日月潭等人家。也開啟我十年的台灣行腳計畫。在此特別一提，我當年工作上的老戰友葉坤樹，給了我很多精神與靈魂上的熱情滋養。此書問世的時間點，恰是他小Baby的誕生之日。不同的是，他們懷胎十個月，我卻是整整懷上十年。

兒時記趣

烏日，大肚溪附近，很多橋。給人走、給車走、給火車走，更早遠的年代還有給牛車走；於是大橋、小橋、路橋、便橋、竹筏橋，幾百公尺就一座，全為橫跨大肚溪。

橋下曾有人種西瓜，也有人家養鴨，有還在洗衣的老村婦，戲水的年輕人，當然還有很多被溪水帶走的孤魂野鬼。我從小到大不知被警告過多少次，不准去大肚溪玩水，那溪水之於曾躲過八七水災的老一輩人來說，簡直是要命的猛獸。

說也奇，明知它是一條可怕的溪流，不去探它幾次，還真不知有多危險。我記憶裡的一次，也是唯一的一次，在某年的國一暑假被表姐們帶去溪橋下「摸蜆仔」。當年，還不是多污染的年代，但摸蜆一事，其實也已絕跡多時，因為台塑工廠的關係，以及當年彰化盛行的鍍金工廠一堆，很多河川早就生態絕跡。於是，大肚溪橋下的摸蜆趣事，在我記憶裡是很具有「生命力」啟示的。

橋墩下，溪水湍急，踩進爛泥深處，摸到石頭，往下深深、深深地抓起一把泥土，出水後，爛泥裡就躲著兩三顆蜆，我們一下午摸了好幾斤，回家前，表姐教我們如何「摸蜆仔兼洗褲」。我總算清楚，原來是爛泥的關係。

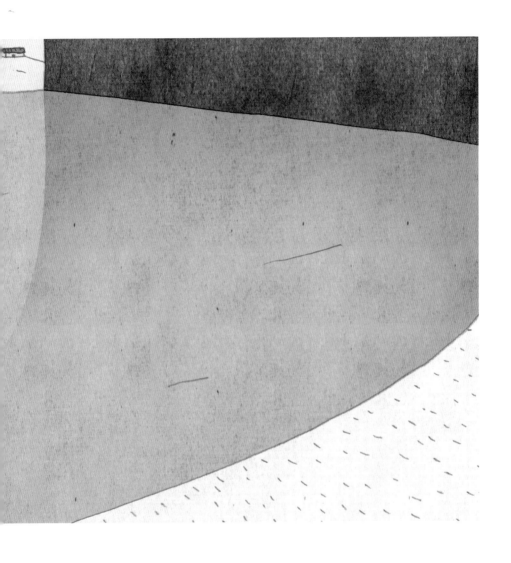

現在我每次坐車路經大肚溪，我都會想起這段回憶，我也深信，那橋墩下的蜆應該
還沒絕跡，只是我已沒那閒工夫重拾兒時記趣。

武陵人與桃花源

前些日子朋友送我一籃高麗菜，他說剛從山裡採收下來的，正新鮮呢！他的臉被霜冷的天給凍出一條條乾巴皺紋來，那皺紋讓我想起有一年。

那一年，才不久，桃芝颱風來臨前。我專程開車上武陵，只是一時的心血來潮，當時滿腦子只想著水蜜桃，就這樣連夜開車。我從電視學來的知識，知道最鮮美的果實都在日出前採收。據說朝露凝在蔬果裡沉睡一夜後的水分最甘甜，太陽出來後，水分瞬間蒸發，果實著實瘦了一圈，賣相也不好了。

車子在我幾乎快睡著時開抵武陵，好死不死，桃果未熟，我反遇上了正在採收高麗菜的農夫。一顆要價近兩百的高麗菜，比超市賣的貴上好幾倍，據農民的說法是，因為你識貨。農夫會巡上一圈田圃，把當天最上等、最甜美的那幾顆讓渡給真正的饕客。武陵農場的農夫，風霜的皺紋，笑起來刻劃得更深了。那神色我熟悉，跟

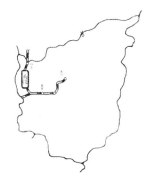

《料理東西軍》 裡的達人師父是一模樣的好。那天我的早餐是一大碗的炒高麗菜，那味道頓時讓我有種「活著就為了這般瘋狂」的感覺。

九二一過後，中部的山很脆弱，一個颱風來，好不容易辛苦經營起來的好山好水，都要重新來過。山裡人不靠天吃飯，就算靠觀光維生，一樣得看老天爺臉色。
老天賞飯吃，一年平安，歌舞昇平的日子很常見。不賞飯吃，颱風地震接二連三來，村民笑說這是觀光的休耕期，土地一休息，最少也要一兩年，期間原本經營的產業就得跟著變化。城市人如果見過武陵農場的田圃，下次再休颱風假，心裡多少會有罪惡感。

看著朋友的那一籃還沾著泥土的高麗菜，我知道武陵山裡的種田人，彷彿才是真正照顧我們美好家園的守護神。

等我抽完這支菸

乘著縱貫海線往南行，過了火炎山，窗外連綿一片惡質地形，就表示，火車離陽光小鎮日南不遠了。

日南的乘客不多，台鐵當初設站，為的是列車交會功能。它的下一站，就是媽祖的娘家大甲。每年三月，前來迎迓的善男信女，把車站擠得水池不通，那是一年裡，日南最熱鬧的時節。已全面禁菸的車廂，這時唯一允許冒煙的，是迎神的爐火。車子到了日南，憋不住的菸槍客，便利用南北火車交會的空檔時間，下車抽菸。頓時，車內香火燒得虔誠，車外的香菸也哈得認真。約莫一根菸時間，列車長開始搖鈴，拉著嗓門喊：「還在抽菸的，火車要開囉。」

農曆三月，有幸跟著媽祖到大甲旅行的乘客，路過日南，會看到火炎山的裊裊「吹」煙。

千歲咖啡

埔里長青村，不起眼的鐵皮屋，開了一家長壽級的咖啡屋。

這咖啡有別號，人稱感恩咖啡，合夥的老闆們年歲加起來超過千千歲，他們是歷經九二一創傷另起春天的一批社會新鮮人。多數的埔里人，人生重起江湖，都是因為九二一。阿嬤説：人世間有很多事情是到了窮途末路後，才有第二春。

長青村的咖啡有此一説，是十八到二十五歲的年輕人喝的咖啡。你進去後會發現，很多遊客真的是十八到二十五出頭的年輕客，等你搞清楚以後才知道，真正意思指的是店裡的服務生都是十八至二十五年次的阿公阿嬤。因為上了年紀，行動又緩，他們端咖啡會抖，經常到你面前時只剩半杯，長青咖啡館因此又稱半杯咖啡館。奉茶的紅色漆器盤子裝著咖啡很不協調，猛一看去還以為你會喝到桂圓紅棗湯。阿嬤説，端咖啡讓她想起當年出嫁，端著甜湯奉茶的尷尬，也是雙手發抖，賣咖啡讓她有變年輕的感覺。

古坑有咖啡，城裡有星巴克，坪林蜿蜒的山路上有行動咖啡車，旅遊時若沒有咖啡，就少了點什麼樣的傳奇故事。長青村的咖啡，有點酸，有點澀，配著眼前的風景喝，人生的酸苦甘澀，真夠味。

蒸散一幅畫

剛出社會的那幾年，人很容易適應克難環境，好比說住在兩坪大的木頭隔板的頂樓，三餐煮泡麵配罐頭，又或者，在旅行途中於火車上過夜，三天不刷洗。而今，我們都失去克難旅遊的抵抗力了，即便露營，都覺得入了蠻荒，我謂之流浪的旅行，正因當下貧窮。

有一年，阿綠跟阿妹策劃了一趟「中秋節旅行」，之後我們那幾年的中秋節，都會相約流浪去。那是晚上十一點半，我與阿蠻從松山火車站出發，在台北車站接了帶了大包滷味的阿紫與阿妹，隨後車來到了中壢，阿綠上車了，瘋狂似地帶了張桌子，與一碟麻將。可是呢？最後我們並沒有這麼做，一來實在是打不下去，二來光聊天，已足夠用去我們一整晚。

那次的旅行，只有一個重點，搭清晨五點往集集的火車。阿蠻說：那半黑半白的世界，空氣、山嵐、露水，全都處在一個即將蒸發的臨界點上；見了，是一輩的子

福分，我們無論如何得去瞧瞧。於是，終於，火車開往在黑夜與白晝間，一節車廂，只有我們五個，我們把車窗全都一一打開，那之後開往集集不到一小時的車程裡，神仙多麼眷顧我，只有我醒著，其他人的靈魂全在那一個交界點上，給蒸發了去。

景色有多美？你得自己走一趟。我能捕捉的，還有來不及記下的，也僅僅只剩這些了……

……成群起飛的鷺鷥、風中搖曳的蘆花、凝結在臉上的霧珠舔起來像稀釋的冬瓜露、墨綠色的水稻田裡被火車驚醒的成堆螢火蟲，像一隻被點觸的仙女棒，驚散開來，還有滿路檳榔花的清香，隱隱約約，一會兒香，一會兒散，十里……百里……

這些頃刻間的山居華麗，統統都在天色被陽光扒開來的那一兩秒裡……從人間蒸發。

廬山真面目

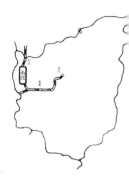

書上是這麼說廬山的，有一座吊橋，吊橋的對面有口泉，到這兒不煮個蛋就不算到廬山。事實是，煮蛋已不流行，拜訪老泉的人也少了，吊橋呢？不行走，正在整修中。但，這都不是廬山。真正的廬山是？很台，那種台，台北人不會習慣。

一下車才走兩步路，就有人問你，找到地方住了沒？你點點頭，十分鐘後往回走，遇見同一人，問的還是那句話。廬山前前後後，不過一哩，滿街都是關心你食衣住行的人。懶得走，有巴士接，忘了帶泳衣，商家有賣，不知吃啥好，老闆已端上山豬肉。你還在思考怎麼遊廬山，商家早就打點好。想討安靜以及與眾不同的，可以，一邊慢慢排隊去。

這裡的露天溫泉，也講天人合「衣」。闔家歡很重要，所有設計全衝著五族共和來。商家很用力地打點溫泉鄉該有的樣子。歐式的、日式的、峇里島的以及原住民的，沒一樣漏掉。一進飯店，門口就有泳池泉，還有溜溜河，池邊有給歐吉桑唱的

卡拉OK，池外有給觀澡客看的展望台，觀光團的巴士駛進山，老老少少第一件事全倚向欄杆看人洗澡。你看你的，我玩我的。唯一的大眾男女湯，是真成了景象。看熱鬧的換了人，這會兒換穿泳衣的看脫光光的洗澡了。

入了夜，五光十色的舞台燈打在溫泉瀑布裡，伴唱帶放著二十年前電影《閃舞》的主題曲。池裡池外都忙著拍照，連老阿嬤都懂得用數位相機。同一棟飯店的樓台上，有高雅的露天咖啡座，一半的客人穿泳衣喝咖啡的樣子，風景真是奇特。再望去，前方有歐式別墅溫泉，來的都是大學生，一群魯啦啦的年輕人，放下行李後就忙著串門子，看看你們這棟景色好不，還是我們那邊視野較佳。池子裡，男男女女一邊泡澡，一邊彈吉他，歌聲和諧而且熟悉，「聽我把春水叫寒，看我把綠葉催黃……」。

九二一　後的這番氣象，你該來看看。而我以為的，幽靜的、雅致的、放鬆的、空山靈雨的廬山，那真是城市人的誤會了。

公路動物園

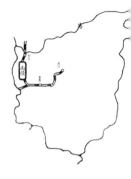

中投公路，一條寬敞的、讓人會把天窗搖下來的公路，盛產枇杷。

台一三一縣道，一條窄窄的、時速不由自主會降到十五公里的公路，盛產野生動物。

前者，從台中上，南投入，拜這幾年中濱工業區的無限發達，綿密的公路網，讓人飆起車來實在過癮，人的視線因道路的拓寬也跟著飛揚起來。這一路，不為別的，就只是去日月潭看看。四五月是枇杷產季，道路兩旁立著貨架，兩三台遊覽車，一下就可把貨品一掃而空。

後者，台一三一縣道，從日月潭出，水里入，說隱不隱，夾在兩座丘陵山脈間，溪水潺潺，匯集成一座小水庫，路是真的小，非假日的正午十二點最好，人車稀少，是林間動物們出來散步吃中飯的好時機。驅車入林，猶如進了野生動物園，久不見的梅花鹿，橫在馬路上，車子只要慢下速度，牠會瞧你一眼並賞你一個快門。聽當地人說，動物會分辨車主，車子移動的聲響，決定牠們出遊的時機。

有一年的十二月，我再訪台一三一線，那是個陽光燦燦的冬日正午。山林間很多跳躍的松鼠，一批批躍過馬路，完全無視危險存在；天空中，幾隻老鷹咆哮，那聲音頓時讓整座林子，感覺五倍、十倍般地擴散開來。我想起左岸咖啡那個下雨天的廣

告：因為雨天無人，所以整個巴黎都是我的。那片刻，空中的三隻老鷹，也讓我有了這樣的感覺。

那個下午，台一三一線的馬路上還有一尾蛇，咻地一聲從我身旁滑行而過，整個森林裡只有牠是匆忙的，牠在趕路，在這冬日午后，趕著去冬眠。

人間
無比靜好

埔里的陳桑，種稻生田，植樹成林。後院滿坑蕃薯葉，蔓到路上來，放牧的山羊跑來吃他蕃薯葉，吃上癮，不走了，賴著成了他鄰居。

陳桑很頭疼，隨便果實掉地上，不小心就長出來。土肥水甜的埔里鄉，陳桑說：「吃的喝的都是地上長的。」問他後山茶園怎回事，他搔頭，說好玩，拿家當養興趣，老婆罵他神經病。

「只要栽進土裡的，養什麼都簡單，就是種房子難。」陳桑的地在九二一震出滿坑地瓜，顆顆都像木瓜那麼大。陳桑說：「早知道，我就種黃金。」

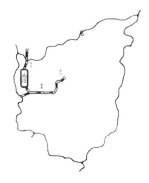

埔里真是人間仙境。不只地瓜、花卉、茭白筍、香蕉、鳳梨、茶葉、梅子、桃子....
好多好多，生生萬物，爭著在埔里生根。陳桑一派樂天，房子打椿那一天，他説要
跟埔里的農作物比輸贏，看誰扎根扎得緊。

到埔里玩一天，會想繼續第二天；住一個月，就會是一年。悠閒的腳步，不只適合
度假，還讓埔里進駐很多藝術家。人間無比靜好，才兩年，天公祖把欠埔里的，全
都還回來了。美在心田裡的那幅風景，到過埔里的人，都描繪得出。

河有魚、山有鳥；田與稻居、天與人合，天地萬物在埔里都有自己的家。

貓蘭山有個桑瑪蘭

繞過貓蘭山，穿過一排排的檳榔樹，林英芬就得收起這個名字，改叫桑瑪蘭。

桑瑪蘭是她在村裡的名字，向晚時分，母親站在屋前喊她回家吃飯。那聲音，盪在山谷，桑瑪蘭三個字，活像首動人的山歌。

天地綠油油，茄苳遮滿天。山裡的村落遠遠望去，看得到家看不見路，桑瑪蘭說：「白天順著鳥叫聲走，夜裡，滿天星斗就是回家的路。」這裡是日月潭，邵族人的家。

九二一地牛拆房子，家門前走來一座山，桑瑪蘭同族人，一鏟一鏟重新開出一條路。長長山路三公里，人工進度卻以公尺計。沒有機械沒有怪手，百年來邵族就是

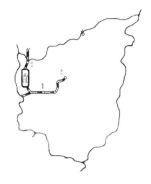

這麼胼手胝足，赤手空拳蓋房子、開山路。路，是開在心裡的一朵花，通往美麗的地方。環山八條道，圈著日月潭，湖水青青，秋風吹微微。邵族人說：「幸福，就是領著一群朋友到路上散步，快樂如風，像曬在秋天的衣服。」

邵族的最高祖靈，以拉魯島為界，北為日潭，南為月潭。九月遍山開滿檳榔花，邵族的豐年祭就要開始了。把家打掃乾淨好迎接客人哪，穿著族服的桑瑪蘭嬌羞地說：「你們一定要在我最美麗的時候，回來看我。」

微風穿過幽靜湖面，透露百年消息。美麗的日月潭，美麗的桑瑪蘭。

十　澎湖、金門

金門的美，只有解嚴前的阿兵哥最知道。特別是當年晚上六點
後全島宵禁，你可以看見藍色的月光與藍色的海岸哨。生活很
苦的當時，鬱悶的時候就乾白酒，大霧來襲的四月也是乾白
酒。美好金門的舊時代，我們是再也回不去，也找不回了。

我們那時候的畢業旅行，流行到澎湖。我念了兩個系，於是參加了兩次的澎湖畢旅。時至今日，很多人遊歷過澎湖，好巧不巧，都是在離開校園前的那五六月。我記得當時辦差的康樂股長很興奮地跟大家說：「到澎湖飆車吧。」然後大家開始七嘴八舌，表決時一票都沒跑，澎湖之旅全班同學一致通過。

我們要去澎湖飆車了；這是二十年前，學校禁止我們騎摩托車、政府還未規定騎機車要戴安全帽的年代。那是個凡事都處在解禁邊緣的九〇年，澎湖的天空還很湛藍，公路還很寂寥，也還沒有民宿以及夜釣小管活動的澎湖，那時期的樣子跟現在其實沒兩樣，單純只是流行的概念不同，青少年撒野的方式也不同。

騎很久才會遇到紅燈的島上，油門一下子就飆到八十，那種感覺，老實說沒了飛快的速度，純粹只剩風從耳朵穿過的聲音。炎熱的七月，海風不很清涼，前座的人弓著身子，後座的人習慣展開雙臂，我們很慣性地演起《鐵達尼號》裡那幕經典畫面。海平線很低，沒有高聳的樓房與林木，雲就在眼前、風穿耳梢、自由的感覺、寬敞的道路，所有的條件加在一起——「飆車」，讓人頓時有了乘風破浪的快感。

我們一群人兩個班級，近五十輛的機車，像一條巨龍，風行穿過整座島，我相信坐

在飛機上就可以看到。那一年侯導的《風櫃來的人》開啟了台灣影片在國際的一扇門，故事講的就是澎湖的事，一群即將當兵、無所事事的年輕人血液裡最沸騰的三十九度的夏天的事，而那一年的夏天過後，我們也要當兵去了，回想起那是個繁花盛開的夏天，趕忙著把青春急速耗盡的盛夏光年……

在那
銀色月光下

那時候，島上還不文明，夜裡沒人點燈；那時候，我們也沒有冷氣，因為島上沒有夏天，那時候，離二十一世紀還有十年，接近解嚴年代，很多隱隱約約即將走入歷史的風景，都在那一、兩年，開得燦爛。

民國八十年的金門夏天，是長這樣子的……
入夜後宵禁，山外的商家看完八點檔就得準備睡覺。沒有路燈，因為路上的車輛只有巡哨的軍車。整個島烏漆媽黑，有人點菸，兩里外就可看見紅色光點。阿兵哥用過晚飯，照例在這時候保養槍枝。操場上，沒有樹蔭遮蔽，一抬頭就是銀河，男孩們在那一、兩年，學會了看星象，知道廈門共軍和台灣馬子在哪個方向。

一到農曆十五，我們得提高警戒，島上到處泛著光，樹葉在發光，湖水在發光，戰

0

備道裡四散的小石子，像鑽石閃閃發亮。水泥公路是條無止境延伸的白布，連向天邊。那光，是灰藍，是映著影子，影子特別長，是水墨暈在宣紙上，是阿兵哥不由自主唱起《綠島小夜曲》，是每月有十五天，操場上的刺刀，被月光擦得特別、特別的亮。

在那個相機被管制的年代，沒人相信金門有多漂亮，男孩們只好說給男孩們聽。擦完槍的弟兄，跟班長拿信，我們就擠在月光下，安安靜靜讀著你的來信。一、兩個久久等不到女友來信的阿兵哥，抬頭望天，嘴裡輕哼著孟庭葦的歌，我們每個人都會唱，那是當年台灣流行榜上最紅的一首歌。

「你看、你看月亮的臉，偷偷地在改變……」

金門，靠近民俗文化村的地方，有個海防村落──「寒舍花」。

站在村前高一點的台地上，可以清楚看到大陸對岸，

約莫是七月開始，入夜後，海上會飄來一堆鵝黃色的星點。

初到金門的人，以為是流星從天上掉下來了。

其實，是對岸的兩棲弟兄，結業前的驗收。

他們在額頭前掛一顆小燈泡，向咱們弟兄示意，彼此和平相處。

守哨的阿兵哥看見他們，不鳴槍，丟罐黑松沙士給他，就算幫他們交差了。

但自從金門有了7-ELEVEN，聽說，結業的信物，就變成關東煮的蟳味棒了。

十月以前，走一趟金門，

幸運的話，寒舍花的堤防，你會看見海上的星星。

青山
一堆頭皮屑

四月，金門多霧。那霧，像一頂大蚊帳，不飄不移，像沉睡百年的水蒸汽，籠住整座島。

放眼看去，什麼都是白色的。那白像死寂似的無所事事，急著返鄉的阿兵哥整天候在尚義機場等霧散去，營區裡的男孩，多數卻賴上這般死寂的霧，寧可沉睡到底，荒蕪殆盡。我駐守的營舍在山上，天氣好的時候可以清楚看見廈門。營舍外一棵樹，有一天，霧開始飄移，散盡後，我才發現那棵樹已被霧氣的靈魂佔去，也是蒼白一片。我問學長，這是啥樹？從不知道它會開花，他說那是「霧樹」，四月後隨霧的靈魂來，花香似檸檬。雨風吹，開始飄零，你看！山頭都是霧的頭皮屑。

這是我的詩人學長為油桐花編的故事。阿兵哥當兵兩年，可以看見兩次「霧花」。

當時的大專兵最珍惜「破冬」後最後一次的油桐季。那表示我們離退伍的日子也近了。金門的美，總是美在這種「離家五百里」的辛酸時刻。誰管它油桐有多美？頭一次的花季來，菜鳥們每天掃地，早一回午一回，吃完晚飯又一回；我們像是躲在北極永晝的銀色世界裡，咒罵著天，咒罵著霧，咒罵著繁花聽不見人間苦，遍地油桐落，苦了大夥忙掃門前雪……。

數饅頭的日子，安靜地過一年，再遇人間四月天，心境已不似當年。第二次的油桐開，當年的菜鳥個個都熬出頭了，我記得當時我還佇立山頭，早晚看花一回。霧包著樹，樹纏著霧，白茫茫，遠遠看見出操的菜鳥們掃著滿地油桐雪，不勝唏噓，心裡卻想著退伍後，苦日子就要開始囉，人生這樣看花，還有幾回？

慢慢呼吸
的夏天

金門的紅綠燈不多。從料羅灣到復國墩，

整條環島東路，會讓你停下車的，

除了交管哨的阿兵哥，頂多是曬粱的農夫。

金門的道路，多得是無分隔島的水泥路。

那是戰爭時飛機的預備跑道。

但到了六月，就成了收割高粱後，最好的曬粱場。

軍車開過，正好碾粱，來來回回。

草黃色的粱，一邊曬一邊碾，曬到轉紅了，金門的秋天也就來了。

這時候來金門，任誰都有嗜睡感，

可能是曬粱的關係，空氣裡瀰漫著發酵的高粱酒味，吸多了讓人想睡覺。

這是慢慢呼吸的夏天，我們那一班的阿兵哥，

喜歡躲在交管哨後的木麻黃樹下，做個短暫的逃兵，

聞著高粱香，暈睡一下午。

三春兩冬

五月的金門，收割前的高粱最怕雨水，所幸夏天雨水不多，營區會派弟兄幫忙收割高粱。未發酵前的高粱發出濃濃的豆豉味，在乾旱的夏季，那味道侵蝕著每個人，分不清是汗味還是高粱味。我們耐心等待，橫掃過台灣仍留有絲毫威力的颱風，賜我們甘霖。雨水過後，金門也整個變味了。我喜歡那種空氣裡飄著仙草味的感覺。我騎著摩托車，穿過戰備道，迎著樹梢吹來的風，或者學著老農夫，躺在木麻黃樹下，虛度一整個下午。

入秋後的十月開始飄雨，一批新兵菜鳥入營來，雨下得慢、下得冷冷清清、下得無聲無息，從早到晚，那是西線無戰事的秋天。整條環山東路上，每棵木麻黃結了數千顆的水晶雨。散在兩旁的黃牛，低頭吃草，遠處山嵐飄過，低低矮矮，你以為來到了江南。

冬天，真是冷。鞋底鋪了兩層襪子，寒氣仍可逼到膝蓋來，營區沒熱水，因此我們

都到山外、金城洗熱水澡去。那是金門冬天最溫暖的觀光活動，陽宅一整排澡堂，經常有人大排長龍。洗完澡，我們去店裡配土豆大乾二鍋頭，那種閒情，只在冷冷的金城冬天。

於是，春天來了，不知是雨水混著霧，還是霧氣凝成了水，棉被濕濕的，衣服濕濕的，鐵製的餐桌上可畫出一道道的水氣。那個潮濕的春天，我們習慣生病──「相思病」。不是在寢室裡給親人寫信，就是窩在山外的紅茶店裡給馬子打電話。金門，對曾在這裡當兵的男孩而言不是三天兩夜的行程，而是三春兩冬的思念。就像那個長夜漫漫等退伍的初春夜裡，我懷想著，人生退休後的哪一年，該搬來此長住三兩冬，然後……

什麼事，都不做。

東山前
與西山前

東山前有一連阿兵哥，西山前有阿鳳姐包子。

東山前與西山前，距離剛好一百公尺。

黃昏時刻，經常可以看到，阿兵哥從東山前往西山前跑，買小籠包。

起先以為他們溜出營舍打蜜蜂，

熟悉的人都知道，又有犯錯的小菜鳥，被班長罰跑了。

男孩們最怕聽到 「去買二十五個小籠包」，

那等於是「跑五千公尺」的代名詞。

夏季的整整三個月，阿鳳姐趕工做包子。

那段時日，是阿兵哥迎戰年度體能戰技的時節，

也是大啖肉包的——包子節。

端午過後，中秋以前，走一趟金門，

西山前，你會嚐到讓男孩們又愛又恨的小籠包。

不說
抄小徑

金門的小徑，不是人走的小徑。

小徑是個村莊，就位在金門島的正中央。

單打雙不打的年代，老共最愛打小徑了，因為切斷小徑，

就等於阻隔島的東西運輸。

在金門，若是你要抄小路到另一個村，是不可以說「抄小徑」的，

那是對小徑人的一種尊敬。

平常，老共打得已夠辛苦了；再則，小徑的後村就是十幾年前有名的八三一。

這兒有一大片千瘡百孔的子彈牆，就在八三一的營舍外，

不明就裡的觀光客，以為是老共的傑作。

老一輩的金門人會告訴你，那是村裡小孩的作品，他們……

嗯……在鑿壁探春。

庵前、陽宅、小徑，這幾個八三一遺址仍在。

它們現在有了另一種新身分，

等你自己來金門瞧瞧。

天下第一哨

那個夏天，部隊每天都在移防，把島走了好幾圈。筆直的水泥路，兩旁植著木麻黃，每條路都是綠色隧道，隱到盡頭；盡頭一輛牛車，遠遠走來，半小時後跟部隊交會，經常是走了一整天，遇見三頭牛，人在那島上，像是瀕臨絕種的動物。

退伍不久來了納莉颱風，樹木倒掉一半，隔年再訪金門，綠色隧道成了絕響。最寬長的玉章路上，豔陽高照，聽不見蟬聲，以為是開放觀光後道路拓展的結果，後來才知道，裁軍後的金門，阿兵哥少了，颱風過後的重建工作已找不到更辛勤的義工。

環東道路沙美一帶，還有幾處道路的老樹走過風雨摧殘。往馬山方向，那一整片防風林還在，足足三公里的路樹，陽光在那兒反成了奢侈品。觀光客來此，眺望廈

門，馬山外海的船隻風帆，清楚歷歷。國軍弟兄口中相傳的天下第一哨，就在馬山。哨所私密性高，海水湛藍不輸愛琴海，白色沙灘比美威基基海灘，風平浪靜，海風二十四度，是裸體海灘的最好場所。上帝把這片天堂賜給了阿兵哥，在部隊移防的那個夏天，我有幸拜訪幾次，多想就此縱身一躍。

馬山海防邊上種很多瓊麻，林裡到處是蟬聲，牠們會一直叫到秋末冬臨。金門的蟬很小，約兩公分大小，全身碧綠色，牠們知道這裡曾是戰地，所以都穿起軍服偽裝。一個阿兵哥這樣告訴我。他不知道，我也曾經這樣傳誦蟬的故事。

國家圖書館出版品預行編目資料

坐火車的抹香鯨／王彥鎧文；NOBU繪；
-- 初版. -- 臺北市：大塊文化，2011.02
面：　　公分. -- (catch ； 176)
ISBN 978-986-213-220-3 (平裝)

855　　　　　　　　　　99024742

LOCUS

LOCUS

LOCUS

LOCUS